小説 おそ松さん

タテ松

小説

Light Novel
OSOMATSUSAN
"TATE MATSU"

《原作》赤塚不二夫「おそ松くん」
《小説》石原 宙

JN180124

小説 JUMP j BOOKS

【目次】

小説

Light Novel
OSOMATSUSAN
"TATE MATSU"

1

めちゃくちゃ褒めてくれる星

「あ〜はっは〜今日も飲んじゃったな〜。チビ太《た》もよくないよ〜。あんなうまいおでん出されたらそりゃ飲んじゃうし、ツケにしちゃうよ〜」

夜の繁華街《はんかがい》。

チビ太の屋台でいつものように飲み食いし、いつものようにツケ払いにしてきたおそ松《まつ》は千鳥足《ちどりあし》だ。

チビ太に、

「もう冗談じゃすまねえ金額になってんだぞバーローチクショー！」

と怒鳴られて、

「最初から冗談のつもりなんかないね！」

と返したせいで叩《たた》き出されなければもっと飲んでいた。

「あれ〜？　変なとこ来ちゃったな？」

気がつくと、普段は通らない路地に迷いこんでいた。

大通りと比べるとやや薄暗く、人通りも減って、背中を丸めた男性が数人ぽつぽつと道の端を歩いているだけ。

道の両側にはところどころ電球の切れたネオン看板《かんばん》が連なっていて、どこか淫靡《いんび》な空気を漂わせている。

　そこはつまり風俗街。

「こ、ここは!!」

　と驚いてみたものの、おそ松はそういった店に縁《えん》がない。興味がなかったわけではない。脱童貞《どうてい》を志《こころざ》しつつも、プロの世話にはならないというどうでもいい矜持《きょうじ》がある。それ以前に金もない。

　兄弟ともそんな話はしないので、これまで近いようで遠い存在だった。

「また来てね～」

　どこかの店の扉が開き、猫なで声が聞こえてきた。

　知らない男が、その声の主へ照《て》れくさそうに頭を下げて、店を出てくる。

　路地ですれ違うと、ふわっと石鹸《せっけん》の匂《にお》いが香った。

　男は心なしか背筋《せすじ》も伸びて、顔色にも朱《しゅ》がさしていた。

　ちらりと見ただけだが、その横顔は自信に満ち溢《あふ》れていて、まるでひとつの大勝利を収めた有能な兵士を思わせた。

「よーし！　明日から頑張るぞー！」

　男は両拳《こぶし》を天に突き上げて、高らかに叫ぶ。

　そして夜の闇《やみ》へと消えていった。

「へ……へ～……？」

おそ松はその背中を見送って、腕組みする。
そして男の出てきた店のネオン看板をちらちらと見る。
電球が切れているせいで店名はよく読めない。
「別にその、よこしまな気持ちとかないけど？」
誰にともなく。
平常心を保とうとするものの、じわじわと背中に汗《あせ》が浮かんだ。
「あれだよね、人生の活力っての？　人として前向きになるためだからね？」
うんうんと一人頷《うなず》いてみせる。
そう、後ろめたいことなど何もない。むしろ褒《ほ》められてもいいくらいだ。
ただ脇《わき》からの発汗《はっかん》がすごい。
本格的な冬を前に肌寒《はださむ》く、人恋しい季節だった。
タイミングよく通りには誰もいない。今なら誰にも見られない。
自然に。あくまで自然に。
ただ木枯《こが》らし舞うこの寒い夜に、なぜか汗でビショビショの男が一人。
「男には変わる瞬間ってのが必要だよね！」
ついに覚悟は決まり、おそ松は一歩踏み出した。

（この先で……ついに俺は…………！）

高鳴る鼓動《こどう》を抑えながら、おそ松はドアノブに手をかけた。

薄暗い待合室で置いてあった飴《あめ》をなめながら十数分待ち、けだるげな黒服に部屋の前まで案内された。このドアの向こうで相手が待っているという。

（さらば弟たちよ……！　俺は先へ行くぜ……！）

思えばずいぶん長かった。ついに自分も変わるのだ。

長年連れ添った親友と別れるような妙な感慨《かんがい》に包まれながら、おそ松は意を決してドアノブを回した。

「す、すみません～」

その相手はドアの前で床に正座し、三つ指をついておそ松を出迎えた。

なまめかしい肢体《したい》を隠すように真っ白なバスタオルを巻いている。

「よ、よ、よろしくお願いしますっ！」

おそ松はぴんと背筋を伸ばし、やにわに頭を下げる。

「そんな緊張しないでくださいね～」

「い、いやー、でも緊張しますよね！　何たってこれからその、いろいろ？　お願いするわけですから！　はは……は……って、あれ？」

言いながらおそ松は、ゆっくり頭を上げた相手の顔を見て、硬直した。

「いやぁ、緊張なんてする必要ないですよ～。だってこっちは五十すぎたおっさんですからね～」

「はぁああ⁉」

顎《あご》が外れるほど口をあんぐりと開ける。

その男は小太りで、頭もずいぶん薄くなり、脂《あぶら》でテカテカした丸顔に地味なメガネをかけた、いかにもサラリーマン然とした中年だった。


話が違う。想像していたのと違う。

「あ、お茶飲みます～？　コーヒーの方がいいです～？」

「……じゃあお茶で」

「これ特保《とくほ》のお茶でね～、血液さらさらになるんで、はいどうぞ～」

これはどういうことなんだ。おそ松は困惑《こんわく》を隠せない。

大人の店かと思ったら、出迎えたのはよくわからない中年男性だったのだ。

おそ松は、きちんと整えられたベッドの端に男と並んで腰かけて、その男の話を聞いている。むやみに石鹼の匂いがした。

「二十歳《はたち》になる娘と高校生になったばかりの息子がいましてね～」

知ったことじゃない。

「会社では中間管理職でね～」

それを聞いてどうしろというのか。

そして男は、ウインクに人差し指で『秘密』のポーズをして、

「あ、でも会社には秘密なんで言わないでくださいね～？」

誰が誰に言うというのか。

その後も「最近は若い頃と比べて踏ん張りがきかなくなった」だとか「女性社員に嫌われるんで身だしなみには気をつけてまして」だとか「最近の新入社員の気持ちがわからない」などと興味のかけらも持てない話をさんざん聞かされ、おそ松は色の消えた顔でただ機械のように頷き続けていた。

ドアを開ける前は、不安はありつつもビンビンだった心のテンションバーが、力なく垂《た》れ下がっていくのがわかる。

このおっさんは何者なのか。この店は何なのか。

そのバスタオルは何のつもりなのか。

改めて自分の置かれた状況の異常さについて考え始め、ふつふつと怒りも沸き立つおそ松に、男は言った。

「いや～お客さん聞き上手ですね～？」

「あ？　何がだよ？」

「いえね、聞き上手でね、とっても人間ができてるなって」

「はぁ……そうなの？」

「そうですよ〜。これだけね？　初対面のおっさんのどうでもいい話を聞いていられるのは才能ですよ〜」

「才能……」

「ええ〜。知ってます？　成功者のほぼ八割が聞き上手っていうデータもあるんですよ〜？」

「え……？　マジで？」

「ええ〜、もしかして上場企業にお勤めで？」

「…………まあね？」

嘘《うそ》をついた。

「それにおモテになるでしょう？」

「ま、まあ、人並みにはね？」

「そうでしょうそうでしょう！　もうね、オーラが違いますもん。私ね、そういうの見えるんですよ」

「見えるって、オーラが？」

「ええ〜。だいたいの人は赤っぽかったり青っぽかったりするんですけど、あなたはね、虹色《にじいろ》に見えます」

「虹色⁉　マジで？　なんかよくわかんないけど……すごいじゃん俺！　超スピリチュアル！」

「ええ、すごいですよあなた！」

おそ松の気分は高揚しはじめていた。

さっきまでのお通夜《つや》テンションが、急速に上向いてきている。

心のテンションバーは精気を取り戻し、高鳴る鼓動とともに徐々《じょじょ》に鎌首《かまくび》をもたげていく。

「いや～、俺もさ？　自分のこと、ただ者じゃないとは思ってたの。潜在能力っていうの？　それが引き出せてない的な？」

「まさにそれ！　潜在能力！」

中年男はベッドから立ち上がり、唾《つば》を飛ばして熱弁する。

「今のあなたは氷山の一角にすぎない！　海面からほんの先っぽだけ顔を出したほんのほんの一部でしかない！」

「だよね！　今の俺ってめちゃくちゃでかい潜在能力のほんの先っぽだけで生きてるってことだよね！」

「その通り！　まさに舐《な》めプ！　本気出してないだけ！」

「じゃあ本気出しちゃう？　そろそろ出しちゃう？」

「あ～！　いけませんいけませんお客様！　出さないで！　私がその膨大《ぼうだい》な可能性に組み敷かれてしまいます！　先っぽだけ！　先っぽだけでいいから！」

「マジで⁉　先っぽだけならいいの⁉」

「いいんです！　先っぽだけなら！」

「なるほどね！　俺はありのままでいいってことか！」

「そうそう！　ってああっ！　熱い……っ！　いけませんお客様！　少し『出て』しまっていますっ！」

「え？　ああごめん！　ちょっと出ちゃった！　ははは！」

「困りますお客様！　出すなら外にお願いします〜！」

「ごめんごめん！　今度から気をつける！」

いつの間にかおそ松は舞い上がってしまっていた。

まさに気分は最高潮。心のテンションバーはビンビンだった。

こんな高揚感は滅多《めった》にない。競馬で大穴を当てた時の熱狂とも違う、およそ今までの人生で経験のない類《たぐい》の興奮《こうふん》だった。

おそ松は改めて尋《たず》ねる。

「あのさ、ここって結局なんの店なの？」

「ここですか？」

男は慎《つつ》ましやかに、熟《う》れた体に巻いたバスタオルの乱れを直しながら答えた。

「ここは『めちゃくちゃ褒めてくれる屋』です」


翌日の松野《まつの》家。

「ねぇ、なんかおそ松兄さん機嫌よくない？　気持ち悪いんだけど」

朝から不気味なほどご機嫌で、珍《めずら》しく朝食の卵焼きまで分けてくれたおそ松を訝《いぶか》しんで、トド松《まつ》が言った。

「だいたいそれはいつもでしょ」

冷めた口調で答えたのは一松《いちまつ》だ。

「だって何にも考えてないんだから。機嫌だけはいいよ」

「でも卵焼きはくれないでしょ？」

「ああ……くれないね」

「だから今日は特に気持ち悪いっていうか……」

「フッ……それはオレも感じていた」

窓枠《まどわく》に腰かけて手鏡を見ていたカラ松《まつ》が口を開いた。

「あれは一皮むけた男の顔だった。……オレにはわかる」

「一皮むけたねえ……」

「男として成長したってことだ。前進を続ける男にはわかる」

「てめえは一ミリも成長してねえぞクソ松」

「フッ……真の成長というのは目に見えないものさ」

今日もカラ松のメンタルは強靭《きょうじん》だ。

トド松は「ふーん」と、飽《あ》きてしまったように気の抜けたため息をつく。

「まあいっか。別にそんな興味もないし」

「……そうだね」

「そうだな」

そうらしい。

自分から話を振っておいて何の躊躇《ちゅうちょ》もなく話を打ち切るトド松。

6つ子独特の距離感で、長男の異常はひとまず放置されることになった。


「また来ちゃった……」

おそ松は再びやってきた。昨晩訪れたばかりのあの店へ。

――『めちゃくちゃ褒めてくれる屋』。

先日のように黒服に案内されて、部屋の前に立つ。

はやる気持ちを抑えつつドアノブを回した。

「いらっしゃいませ～！」

「いやーまた来ちゃいました……って、あれ？」

おそ松は様子がおかしいことに気づく。

「いや～お待ちしてました！　松野さん！」

「あれ……前の人は？」

「あ、北野《きたの》さんですか？　今日はちょっと都合が悪いみたいで、ほんとすいません！　だから今日は自分が代わりで！　ほんとすいません！」

「あ、ああ、そうなんだ……」

おそ松は少しがっかりする。

昨晩話をした中年男は不在で、今日の相手はこの若い男らしい。

パーマのかかった長い茶髪に、人好きのする笑顔。ガソリンスタンドのバイトのように快活《かいかつ》な発声。人生の裏道を歩いてきたおそ松とは住む世界の違ういかにもウェイ系だが、いたって爽《さわ》やかだし腰も低いので悪い気はしない。ちなみにやっぱり全裸《ぜんら》にバスタオルを巻いていた。

落胆《らくたん》の気持ちはあれど納得してベッドに座ったおそ松に、男は声をかけた。

「お茶にします？　コーラもありますけど？」

「……じゃあコーラで」

「はい！　コーラ一丁入りましたぁ～！」

居酒屋の店員が注文をとるようにおどけて小芝居《こしばい》を入れる男。

そして笑顔を浮かべたまま自《みずか》らグラスをとり、氷を入れ、リズミカルに冷蔵庫のペットボトルからコーラを注いでいく。

「お待たせしました～！」

「あ、はい……」

コーラの入ったグラスを手渡されるおそ松。男は横に座ってその顔をニコニコと眺《なが》め続けている。

調子が狂う。

こんなタイプの人間は今まで関《かか》わり合いになることがなかった。

手持ち無沙汰《ぶさた》のおそ松は、しかたなくグラスに口をつけ、喉《のど》が渇《かわ》いていたこともあって、そのまま一気に飲み干してしまう。

「お～ほっほ～～～⁉　い～飲みっぷりっすね～～⁉」

すると男は急にテンションを上げる。

「違うな～！　やっぱ違うな～松野さんは！　飲み方も斬新《ざんしん》！」

「斬新？　何が？」

「斬新っすよ！　自分そんな景気よくコーラ飲む人初めて見たっすよ？　もうね、コーラも喜んでますよ！　しゅわしゅわ～ってね！　ボク本望《ほんもう》でしゅわ～！　ってね！」

男はコーラの気持ちになって恍惚《こうこつ》の表情を浮かべる。

正直「あ、はい……」としか言えないが、実のところおそ松は悪い気はしていない。

ノリは確かに合わないが、この屈託《くったく》のない笑顔は自分と一緒にいることが楽しくてしかたないと言わんばかりだ。まるでこの男が自分のかわいい子分か何かのように思えてくる。

「よければもう一杯いきます？　僕もっと松野さんの飲みっぷり見たいな～！」

「じゃあもう一杯いっちゃおっかな？」

「よろこんで～！」

男はびしっと敬礼を決め、手早くコーラを注いだ。

そしておそ松はそれを再び一気に飲み干す。

「ひゅぅぅう〜〜！　痺《しび》れるぅ！　斬新！　マジ斬新っす！」

男は両手で二丁拳銃を作っておそ松を指し、テンションを上げる。

何が斬新なのかまったくわからないが、言われると気分がいいので意味など二の次である。

「僕、松野さんの話聞きたいっすわ〜！　絶対面白《おもしろ》いっすもん！」

「俺の話？　何話せばいいの？」

「何でもいいっす！　たとえばそうだな〜？　朝飯《あさめし》の話とか！」

「朝飯？　そういえば弟に卵焼きをあげたかな？」

「マジすか……！　何すかその慈愛《じあい》の心……!?　キリストっすか!?」

男は天井を見上げて、「あ〜もう参りました！」ともろ手を挙げた。

「僕ね、松野さんに宗旨《しゅうし》替えしますわ！　松野教！　僕を松野教の信者にしてくださいよ！」

男は飼い犬のようにすり寄って「ハンコいります？　やっぱ血判《けっぱん》すか？　ほら早く〜！」と急《せ》かすので、まったく意味がわからないのにニヤニヤが止まらない。

とはいえ、おそ松にだって常識はある。

「いやいや宗教とか変でしょ？　さすがにさ」

「そうっすか？　全然アリだと思うけどなぁ〜？」

「ん～、じゃあ、ファンクラブとかは？」

「それだ！　斬新っす！」

「だろ⁉　ははっ」

しかしおそ松も、元に戻れないところまできていた。

揺らぐ斬新の定義。自分が童貞なのもニートなのもすべて斬新な気がしてきて、人よりワンランク上の人間になったような気分になる。何なら世界中に俺は童貞だぞと叫びたい。

「そのセンス！　ファンクラブってワードをチョイスするセンスッ！　松野さんセンスのバケモノじゃないっすか⁉」

「まあ、センスはいい方とは言われるけどさ？」

ニヤニヤが止まらない。

「いいどころじゃないっすよ！　モンスターですよ！　じゃあリクエストいいっすか？」

「リクエスト？」

「僕にあだ名つけてくださいよ！」

「あだ名？」

「僕ね、昔からあんま特徴なくてずっと石井《いしい》って苗字《みょうじ》で呼ばれてたんすよ。だからもし松野さんがあだ名つけてくれるならうれしいな～って！」

「うーん……」

おそ松は眉間《みけん》にシワを寄せて考える。急に言われても困ってしまう。

本人の言う通り、確かに特徴はない。中肉中背《ちゅうにくちゅうぜい》で、顔は可もなく不可もない。特別似ている有名人もいない。あだ名をつけるには何かしらの特徴、とっかかりが必要だがいまいちそれがない。パッと思いつくのは「居酒屋」か「チャラ男」くらい。だが、よくよく見れば、この男にはかなりの特徴があることにおそ松は気づいた。

「じゃあ……バスタオル」

「バスタオル……！」

男の顔に衝撃が走った。

「神かよ……！」

布である。

「すげえわ……マジすげえわ松野さん……！　僕決めました」

男は決意に満ちた清々《すがすが》しい顔でおそ松を見つめて言った。

「今度生まれてくる息子に……その名前つけます」

絶対にやめた方がいい。大変な人生が幕を開ける。

「でしょ！　アリだと思ったんだよね～。斬新だし？　ははは！」

しかしおそ松も正気を失っていた。

完全にこの空気に染まり、肯定と承認の森の中へ迷いこんでしまっていた。

「いやー今日もパチンコで勝っちゃった！　ほらお土産《みやげ》！」

おそ松は家へ帰るなり満面の笑顔で、パチンコ屋で交換した景品のビール箱二ケースを部屋の真ん中にどすんと置いた。

「え……くれるの？　本気？」

目を白黒させたのはチョロ松《まつ》だ。

「どっか調子悪いの？　病院行く？」

「何言ってんのチョロ松くん！　俺はどこも悪くないし！　ははっ！」

おそ松は快活に笑って受け流す。

「まあみんな好きに飲んでよ！　あ、その前に冷やした方がいっか！　何本か冷蔵庫に入れてくる！」

そう言って、ビール箱二ケースを再び持って、一階の台所へと向かうおそ松。

階段を下りていく高らかな足音と、一緒に聞こえてくる鼻歌を聞きながら、弟たちは顔を見合わせた。

「やっぱりおそ松兄さん変だよね？」

トド松は改めて長男の異常を指摘《してき》する。

「変だね！　ホラーだね！」

十四松《じゅうしまつ》の意見に全員が頷いた。

数日前からおそ松の様子がおかしいのは兄弟みんなが気づいていた。

でもどうにかしようと対処しなかったのは、それが不都合ではなかったからだ。むしろ大いに好都合だった。

今日のように機嫌よく土産をくれたり、ご飯のおかずを分けてくれたり、普段は見せないような優しさや懐《ふところ》の広さをおそ松が見せるのだ。

おかしいとは思いつつも、それを咎《とが》める理由がなかった。

「まあ別にいいんだけどさ。ちょっとイラつくだけで」

そのイラつきは嫉妬《しっと》なのかもしれない。六人ずっと、二十歳を越えてもうだうだを続けてきたのに、一人だけ先に行かれてしまったようなわだかまりだ。

「ビール冷蔵庫に入れてきたから、ま、みんな好きに飲んでよ！」

台所から戻ってきたおそ松に、一松がぼそりと尋ねた。

「おそ松兄さん……何かあったの？」

「えー？　別に何にもないけどねー？　ちょっと絶好調なだけで！　はは！　パチンコは当たり連発で競馬も負け知らず、今日なんか駅前で女の子に声までかけられちゃったよ！」

それはただ道を尋ねられただけだが、普段はむしろ避けて歩かれるおそ松からすれば、ずいぶんな進歩だった。

「完全に流れが俺に来てる感じ？　今なら就職だって楽勝でしょ！　このままいくと身長も伸びるし収入も増えて女の子にもモテモテだよ！」

おそ松は高らかに笑って「いやー生きるって最高！」と拳を上げる。

「ふーん……」

一松は気のない返事をする。

「「「「……」」」」

他の兄弟たちも揃《そろ》って黙りこみ、ただ一人だけ生き生きとしているおそ松に目を細めるのみだった。

そう、日に日におそ松は変わっていった。

朝は早く起き、外出して人と交流し、心地よい疲れとともに床に就《つ》く。

まるで生まれ変わったかのように、これまでの怠惰《たいだ》な生活に別れを告げた。

笑顔の人間や調子のよさそうな人間にはツキが向いてくる。おそ松の言う通り、流れが来ているのだ。

原動力は、自信の回復だった。

連夜、無節操《むせつそう》に褒められ続けることで回復した自尊心が、流れを引き寄せていた。生来楽天的で、褒められて伸びるタイプのおそ松には、『めちゃくちゃ褒めてくれる屋』の効果はてきめんだった。

「あ、そろそろ俺行かなくちゃ！　じゃあ今夜も遅くなるから！」

そう言っておそ松は、いまいちこの状況についていけない弟たちに手を振って部屋を出ていった。

今夜はどんな人だろう。

次第《しだい》におそ松はそう考えるようになっていた。

『めちゃくちゃ褒めてくれる屋』に通うようになってから、七日目のことだ。

今日でちょうど一週間。毎晩休まず通い詰めていた。

今夜はどんな風に出迎えてくれるのだろう。どんな言葉で褒めてくれるのだろう。そんな期待を胸に、おそ松は部屋のドアノブを回した。

すると。

「うわぁ⁉　人だぁ～⁉」

いつものように三つ指をついてドアの前で待ち構えていた相手は、おそ松を見て、挨拶《あいさつ》するのも忘れて飛び退《の》いた。

ツーブロックのこざっぱりとした髪型をしていて、就職活動中の大学生を思わせる若い男だった。真面目《まじめ》そうな印象で、彼に「一生懸命頑張ります！」と言われれば、どんどん仕事を任せてみたくなる実直さを持っていた。

そして当然、全裸にバスタオルを巻いていた。

「すすす、すごいですね⁉　人じゃないですか⁉」

「え？　そう？　そんなに人かな？」

おそ松は照れくさそうに、人さし指で鼻の下をこする。

「人ですよ～！　えらいですね～⁉」

「はは、そうかな？　へへ、ありがと」

通い始めた頃は戸惑《とまど》いもあったおそ松だが、ここまでくると何をどう言われても素直に受け入れる心の弾力を手に入れていた。

「うっわ、しゃべるし⁉　日本語って超難しいって言いますよ⁉　世界でも屈指《くっし》とか！　完全に世界レベルじゃないですか！」

「え～？　ついに俺もワールドクラス？　困っちゃったな～」

「今度は英語～⁉　わからないわからない！　僕英語はちょっとわからないですよ～⁉」

「え？　ごめんごめん、ついね？」

「だって英語ですよ⁉　英語っていったら世界で一番使われてる言葉！　ってことは松野さん世界一じゃないですか⁉」

「そんなことないってば」

「謙虚《けんきょ》～！」

男はめまいを覚えて床に倒れこむ。

「ここにきて謙虚ぉ⁉　もう人じゃないですよ！　人格おばけですよ！」

「あはは、よく言われる！」

「うわわわわ……！　今もう一つ気づいた！　言っていいです⁉」

「ん？　どうぞ」

「呼吸上手《うま》くないです⁉」

「呼吸？　ああ、それもよく言われる！」

「それにうっわ⁉　服も着てる⁉　やばくないですか⁉」

「言われる言われる！」

「もうダメ！　僕一人じゃ受け止めきれない！　みんなすごいよ～！　松野さんがすごいよ～⁉」

　すると、部屋の窓から扉から天井裏から、入口という入口が一斉《いっせい》に開き、店の従業員がなだれこんでくる。

　そして劇団員のエチュードのように、身振り手振りを交えて感情豊かにまくしたてる。

「さすが松野さん！」「キレッキレ！」「そこ盲点でしたわ～！」「いつ教科書載《の》るんすか⁉」「松野名言ノートが足らないですよ～⁉」「松野さんといると空気がうめぇわ！」

「もう殺してくれ！」「助けて～！　母さ～～～ん‼」

　もはや賞賛の暴力である。

　常人《じょうじん》の精神力ではとても耐えられない。

　さらに止《とど》めを刺すように巻き起こる松野コール。

「「「「「松野！　イケメン！　松野！　ユニーク！　松野！　サーンシャイン！」」」」」

「ははは、それほどでも～」

そして受容の化け物である。

回復する自尊心。低下する知能。

すでにおそ松は人類として未踏《みとう》の領域へ足を踏み入れていた。

そしてついに事件は起きた。


「ただいま〜」

「あ、おかえりおそ松兄さん」

『めちゃくちゃ褒めてくれる屋』から家へと帰り、ただいまを言ったおそ松。

しかしそれに対する素《そ》っ気《け》ないトド松の返しに愕然《がくぜん》とした。

「え……？　マジで言ってる？」

「は？　何が？」

「マジで言ってんのかって聞いてんの！」

「だから何が⁉」

急にキレ出した長兄《ちょうけい》にトド松もがなり声で返す。

「今おかえりって言ったろ⁉　俺が帰ったんだぞ！　まず褒めろよ！」

「なんで⁉　どこにも褒めるとこないんだけど⁉」

「あるだろいっぱい！　探して！　はい！」

おそ松は両手を開いて、期待をこめた目でトド松を見る。

「はいじゃないよ！　いつものダメ人間だけど⁉」

「ダメ人間だって⁉　何だよそれ！　新しい褒め言葉⁉」

「そんなわけないでしょ⁉　普通にけなしてんの！」

「お前……どうかしてんのか⁉」

「どうかしてんのはどっちだよ！」

玄関先で激しい口論になる二人。

「もー、何騒いでんの？」

騒ぎを聞きつけ、階段を下りてきたのはチョロ松だった。

「聞いてよチョロ松兄さん！　おそ松兄さんが変なんだよ！」

「前からじゃん」

「前からだけど！　もっと変なの！」

「誰が変だって⁉　それは常人には理解しがたい天才って意味か⁉」

「ほら変でしょ⁉」

「確かにね……」

チョロ松は顎に指を当て、いつにも増して言動のおかしいおそ松の様子を観察する。

「ちょっと、トド松」

そしてトド松を手招きして耳打ちをする。

「ひとまずしたいようにさせとけばいいんじゃない？」

「どういうこと？」

「褒められたいなら褒めときゃいいってこと」

「えー？　やだよ。褒めるとこなんてないのに」

「だとしてもだよ。調子に乗るのはうざいけど、実害はそれくらいでしょ。気分よくさせとけば前みたいにお土産買ってきてくれたりもするんだし」

「そうだけど……」

「ここは大人になろうよ」

「……わかったよ」

こそこそ話をする二人を見かねて、「二人で何話してんの？」と問いかけるおそ松。

トド松は笑ってごまかす。

「ああ、全然、なんでもないよ！」

「そうか？　ならいいけど」

「そうそう、なんでもない！」

「わかったよ。でも俺を褒めたたえるならこそこそしなくていいからな？」

おそ松は「遠慮すんなって！」とトド松の背中をバンバンと叩いて笑う。

「くっ……」

トド松はあまりのうざさに顔をゆがめるが、ぐっと我慢《がまん》する。

「そ、そうだね、さすがおそ松兄さん！　懐が広いよね！」

「そうかなあ？　よく言われるけどね！　あっはは！」

「……！」

言葉にならない腹立たしさに歯噛《はが》みするトド松。

「それで？」

「ああ、えっと、あとは……その、カリスマ性があるよね！」

「ふんふん、それで？」

「え？　ええと……男らしいよね！」

「はいはい、からのー？」

「……。堂々としてるよね。怖いもの知らずというか厚顔無恥《こうがんむち》というか」

つい本音が漏《も》れてしまうトド松。

「ちょっとトド松さ……やる気あんの？」

だからおそ松も機嫌を損《そこ》ねてしまう。

「もっと基礎からやり直してきて？」

「基礎ってなんなの……⁉」

トド松はもう限界だった。

横目でキッと、言い出しっぺのチョロ松を睨《にら》みつけ、「なんで黙ってんの」と無言の圧力をかける。

やむなくチョロ松が助け舟を出す。

「えっと、さすが長男だよね！　僕らおそ松兄さんの弟に生まれてよかったよ」

その甘い言葉におそ松の瞳《ひとみ》がきらめく。

「へぇ〜、チョロ松も言うねえ？」

「ま、まあね」

「じゃあ歌って？」

「は？」

「だから歌って？」

「歌うって何を？」

「俺を褒めたたえる歌だよ。高らかに賛美して？」

「はぁ⁉　馬鹿《ばか》じゃないの⁉」

「ああ、天才って度が過ぎると一見馬鹿に見えるよね」

「言葉通り馬鹿っつってんの！」

「いいから歌って。ほら、ミュージカルみたいに。舞台いっぱいに使って」

「歌わねえよ！」

「じゃあ感想文書いて？」

「は⁉」

「だから感想文。俺と一緒にいることで毎日が輝きだしたとか、俺との会話から人生の教訓を得たとかさ。あるでしょ？」

「ねえよ！」

「原稿用紙で二千字くらいにまとめて提出して？」

「無理に決まってるでしょ!?」

「わかったわかった。じゃあ二万字までOKにするから」

「悪化してんだろ！」

「まったくチョロ松は……欲しがるねえ？」

つんつんと、チョロ松の肩のあたりを、癪《しゃく》に障《さわ》る顔でつっつくおそ松。

「あぁぁあああもう我慢できない！　お前死んでくれない!?」

「チョロ松兄さんキレるのが早いよ！」

チョロ松が限界を迎えるのは早かった。

感情のままにおそ松の襟首《えりくび》を掴《つか》みあげる。

しかしおそ松は動じない。

「あっはは、偉人は早死にが多いっていうもんな。さんきゅチョロ松！」

いい笑顔で親指を立てる。

「何だよこの強靭なメンタル！」

もっと別のところで生かせよという心の叫びと行き場のない腹立たしさがチョロ松の中で輻輳《ふくそう》する。

「最近ちょっとマシになったかと思ったら！　やっぱりお前はお前だよ！　ていうか毎晩どこ行ってんの⁉」

「そ、そんなの関係ないだろ！」

「ずっと変だと思ってたけど、怪《あや》しい店にでも行ってんじゃないの⁉」

「あ、怪しい⁉　怪しくなんかない！　馬鹿にすんな！」

「馬鹿が通う店を馬鹿にして何が悪いんだよ！」

「はぁ⁉　チョロ松、お前いい加減にしろよ⁉」

「ちょっとちょっと！　喧嘩《けんか》しないで！」

ヒートアップして摑み合いになる二人をトド松が慌《あわ》てて仲裁《ちゅうさい》する。

「「はんっ！」」

トド松が間に入ったおかげで取っ組み合いは避けられたが、おそ松とチョロ松は鼻を鳴らして背を向け合う。

「あーもうこんなところにいられないね！　出かけてくる！」

「ちょっとおそ松兄さん！」

「放っとけよあんなやつ！」

そしておそ松はそのまま家を出て行ってしまった。

おそ松が向かう先は、今となっては一つしかない。

失った自信を回復するにはあそこしかない。

繁華街を抜け、光の少ない路地に入る。すっかり通い慣れた道だった。

そしてその店の前にたどり着き――おそ松は立ち尽くした。

「……あれ？」

そこにはもう何もなかった。

ネオン看板は撤去《てつきよ》済みで、建物の入口にはロープが張られ、『関係者以外立入禁止』と書かれた札が手を振るように揺れていた。

「え……どういうこと……？」

おそ松は呆然《ぼうぜん》と立ち尽くし、やがて意味を理解するとその場に膝《ひざ》をついた。

『めちゃくちゃ褒めてくれる屋』は荒稼《あらかせ》ぎを終えたのか、無情にも姿を消してしまったのである。


「『めちゃくちゃ褒めてくれる屋』？」

「ああ、そうだ」

「何それ？　怪しすぎるんだけど」

おそ松が喧嘩をして飛び出していった後、入れ替わるように帰ってきたカラ松が、街で調べた結果とやらをチョロ松に報告した。

「おそ松がおかしいのが気になってな。街で聞きこみをしたのさ。……そのオレの姿ときたら、かの名探偵ホームズを彷彿《ほうふつ》と――」

「……邪魔」

「おぉうっ⁉」

「クソ松は何もしてないから」

ポーズを決めるカラ松の横っ腹を一松が蹴《け》って押しのける。

「突き止めたのは十四松」

「うん！　ぼくが見つけた！」

「おそ松兄さんは繁華街から少し外れたとこにある『めちゃくちゃ褒めてくれる屋』ってとこに入り浸《びた》ってたみたい！」

それを聞いてトド松が眉《まゆ》を寄せる。

「それ何する店なの？　……って名前のままか」

「だろうね」

チョロ松が呆《あき》れたようにため息をついて、「……情けないね」と言った。

「まさか店に行ってまで褒めてもらおうとするなんて。どれだけ恵まれないの」

それは全員同意するところだが、

「でもおそ松兄さんかわいそう！」

十四松がそう言うと、他の四人も少し顔を曇《くも》らせる。

一松が言う。

「それだけ淋《さび》しかったのかもね」

トド松も頷く。

「たまには兄らしいこともするもんね。いくら兄弟でもたまには褒めてあげなきゃいけなかったのかも」

確かに調子に乗ってはいたが、朝食の卵焼きを分けてくれたのもパチンコでお土産をもらってきてくれたのもおそ松の優しさだ。

「「「「…………」」」」

兄弟五人は部屋に集まり、少しだけ話し合った。


行き場を失ったおそ松はとぼとぼと夜の街を歩いた。

景気づけにパチンコ屋へ行ってみたが、あれだけ勝ちが続いていたのがウソのように素《す》寒貧《かんぴん》になってしまった。

もう誰も褒めてくれない。

そう考えると、街ゆく人々がみんな惨《みじ》めな自分を罵《ののし》っているように思えた。

おそ松は自分で思っていたよりもあの店に依存《いぞん》していた。

歩き続けてどれだけ経《た》っただろうか。

おそ松はまた知らない路地へ迷いこんでしまっていた。

大通りに比べて薄暗い通り。人の姿はまばらだった。通りの両脇には控《ひか》えめでどこか淫靡な雰囲気《ふんいき》の店が立ち並んでいた。

「あれ……?」

まるでデジャヴだとおそ松は思う。

しかしここは前と同じ通りではない。

そしておそ松は、視線の先に電球の切れたネオン看板を見つける。

それは今日失ったばかりのあの店と同じ雰囲気を持っていて。

おそ松は駆け出し、店の前に立つ。


――『めちゃくちゃ●めてくれる屋』。


例のごとくネオン看板の電球が切れているせいで店名すべては読めないが、使われているフォントは同じで、明らかに系列店だとわかる。

おそ松は一も二もなくその店の門をくぐった。

「ただいまー」

「帰ってきた！」

「……帰ってきたね」

玄関から聞こえたおそ松の安穏《あんのん》とした声に反応し、トド松とチョロ松は、顔を見合わせた。

「いやー、はは、何日か留守にしちゃって悪いね！」

「どこ行ってたのおそ松兄さん⁉」

おそ松が部屋に入ってくるなり、トド松は怒りをぶつける。

チョロ松と喧嘩をしてから、おそ松は三日間も家を空《あ》けていた。

さすがに心配になったトド松は、兄たちを連れて街中を捜し回った。

それでも見つからず、警察への相談も考え始めていた時だった。

だからこんなにも呑気《のんき》に帰ってきたおそ松に、むかっ腹が立ったのだ。

「このダメ人間！　クズ！　童貞カスニート！」

トド松の気持ちもわかる。

そんな面持《おもも》ちでチョロ松が続けた。

「そうだよおそ松兄さん。こんなに兄弟に心配かけてその態度はないんじゃないの？」

「あーそうかな？」

「当然でしょ。ちゃんと謝って」

「土下座《どげざ》かな」一松も冷たい目でぽつりと言う。

カラ松と十四松もそれに続けた。

「フッ……男ならそれくらいはするものだ」

「どーげーざ！　どーげーざ！」

あのいつも図太くて偉《えら》そうなおそ松が土下座なんてするわけないと踏んだ上でのことだった。でもこのくらいでちょうどいい。

このくらい言えば少なくとも頭は下げるだろう。

そうすればトド松の溜飲《りゅういん》も下がるだろう。

そこまで察した6つ子ならではの連携《れんけい》だった。

すると。

「――ごめんなさ――――い!!」

「「「「!!?」」」」

驚いて目を丸くする五人。

なんとおそ松が言われた通り土下座をしたのだ。

「え？　ちょっとおそ松兄さんどうしたの？　まさか本気にするなんて」

うろたえるチョロ松。

自分たちから仕向けたものの、言われるがまま土下座するとは思わなかった。

しかもただの土下座じゃない。額《ひたい》を床にぐりぐりと擦《こす》りつけて、平伏《へいふく》の限りを尽くしているのだ。

「俺が悪かったんです！　踏んでください！　顔面中心に！　あと人体の急所をえげつないほど的確に！」

「ちょっとおそ松兄さん、逆に引くんだけど」

しかも謝罪の度が過ぎる。

チョロ松も落ち着かなくて、手を差し伸べておそ松を立たせようとする。

するとおそ松は申し訳なさそうに頭を上げて、おずおずと尋ねた。

「え？　何？　脱げばいいの？」

「なんでだよ！　気持ち悪いな！」

「脱がせてくれよ！　そして這《は》いつくばらせてくれよ！」

「だからなんで!?　意味わかんないから！」

「お前らも！　もっと俺を責めろよ！　なじり倒せよ！」

「はぁ!?　だから何言ってんの!?」

その後もおそ松は兄弟たちに、自分に罰《ばつ》を与えろ、暴言を吐けだのとよくわからない要求を繰り返す。

兄弟たちはまたおそ松がおかしくなっていることを悟った。

おそ松が行き着いた新たな店。

その名も『めちゃくちゃ責めてくれる屋』。

『褒めてくれる屋』の真逆のニーズを狙《ねら》った店だった。

しかし、褒められすぎた反動もあるのだろう、すがるものを失ったおそ松はまんまとそれにはまり、今度は手ひどく責められなければ満足できない体になってしまっていた。

「お前らやる気あんの⁉　あることないこと罵れよ！　人格の隅々《すみずみ》まで非難しろよ⁉」

「あーわかったよ！　やってやるよ！　この薄汚いドブ松が！」

「まだまだ！　お前らもっといけるだろ！　ほらブーイングが聞こえない！」

「ライブかよ！」

「ほらアンコール！　アンコール！」

「手拍子《てびょうし》すんな！」

「二階席ー！」

「二階席ねえよ！　ほんとどんな店行ってきたの⁉」

その後、小一時間ほど激しい罵倒《ばとう》合戦が続いた。

せっかく少しは褒めてやろうと兄弟で話し合ったばかりなのに。

しかしなじり合いなら慣れっこの６つ子である。

やがて自然におそ松は『めちゃくちゃ責めてくれる屋』への依存からも抜け出すことに成功し、松野家に平和が戻った。

2

焼肉

「よーし！　焼くぞー!!」

「「「「「「お────!!」」」」」」

今日は待ちに待った焼肉の日。

6つ子全員勢ぞろいだ。

パチンコで誰かが勝つたびに少しずつ積み立て、儲《もう》けを隠せば火刑に処し、くすねれば地の果てまで追いかけて河原《かわら》に晒《さら》し、そうしてこの日のためにとっておいた焼肉貯金。

それをついに解禁する日が来たのだ。

「もう焼肉なんて何カ月ぶりだろうなー？　ははっ」

おそ松《まつ》がうきうき顔でメニュー表を開く。

「滅多《めった》にできない贅沢《ぜいたく》だもんね」

トド松《まつ》が答えつつ、隣からメニュー表を覗《のぞ》きこむ。

その向かい側でカラ松《まつ》が前髪をかき上げ、

「フッ、男と言えば肉……肉と言えば男……。まさに焼肉はオレのためにある食事だ。そう思うだろうブラザー？」

「おれビビンバ食ってもいい？」

「一松《いちまつ》、まずは肉を頼もうよ」

流れるように一松とチョロ松《まつ》に無視された。

十四松《じゅうしまつ》が勢いよく立ち上がる。

「あははは！　じゃあ生中《なまちゅう》六つお願いしまーす！」

「「「「「いいねー！　十四松!!」」」」」

十四松の気の利《き》いた注文を皮切りに、６つ子たちの宴《うたげ》がはじまった。


「「「「「「かんぱ――――い!!」」」」」」

ガチーン！　とキンキンに冷えたビールジョッキを突き合わせる。

「ぷはー！　うまい！　最っ高ー！」

おそ松が鼻の下にできた泡《あわ》のひげを手の甲《こう》で拭《ぬぐ》った。

冷えたビールの最初の一口、まさに至高《しこう》の瞬間だ。

「やっぱり特に働かない後のビールは格別だな～！」

いくら世間《せけん》がニートに厳《きび》しくともビールだけは裏切らない。

アルコールは怠《なま》けてたるんだ体ほど深く優しく染《し》み渡るのだ。

「あははは！　ビールおかわり！　バケツで！」

喧嘩《けんか》することが多い六人も、焼肉を前にすれば和気藹々《わきあいあい》。

焼肉は人の心を豊かにする。

肉の焼けるジュージューという音、とろけるようなタレの香りでよだれが止まらない。

これで笑顔になるなという方が無理だ。

喧嘩ばかりの国会だって焼肉しながら話し合えばきっと円滑に進むだろう。与党が野党の肉を焼き、野党が与党のタレを注ぐ。まさに希望に満ちた国政の実現。総理自慢の焼肉トングが明るい未来を切り開くのだ。

……しかし焼肉は魅力的であるがゆえに、諸刃《もろは》の剣《つるぎ》。

思わぬ衝突を招くこともある。

「トド松、まだそれ焼けてないって」

「わかってないなー一松兄さん。このくらいの焼き加減の方が美味《おい》しいんだって」

「なに言ってんの。もっと焼いた方がうまいって。ってか生焼《なまや》けだし」

「あのね？　大事なのは素材の味なの。これだから貧乏舌《びんぼうじた》の人は」

「誰が貧乏舌だって？」

「猫の世話しすぎで味覚まで猫レベルになったんじゃないの？」

「お前！　おれはさておき猫を馬鹿《ばか》にしたな⁉　ってかお前らより良いもの食わせてるし！」

「ちょっとちょっと！　何喧嘩してるんだよ！」

険悪になった一松とトド松の間にチョロ松が割って入る。

不穏《ふおん》な気配を感じて箸《はし》を止めた他の兄弟たちも、それを見てほっとする。

こういう時、チョロ松は頼りになる。

発言はうざくとも、いつも兄弟間の調整をしてくれるのがこの三男だ。

「せっかくの焼肉なんだから楽しもうよ」

チョロ松はため息をつく。

そして言った。

「――だからこの焼肉は僕が管理する」

「「「「……!?」」」」

焼肉トングを手にとると、チョロ松は有無《うむ》を言わさず自分の方に肉皿を引き寄せた。

テーブルがざわつく。

誰もが悪い予感がした。

古来焼肉トングは支配者の携《たずさ》えるものとされてきた。

戦場における将の指揮棒。あるいはオーケストラを従える指揮者のタクト。

手にしたものがすべからく場を支配する。

チョロ松がそれを手にしたということは、この場はすでに彼の支配圏《けん》。

チョロ松の〝奉行域《ゾーン》〟だった。

「これより僕が肉の沙汰《さた》を執《と》り行う！」

チョロ松が宣言し、手にしたトングが勇ましく鳴る。

その矢先、おそ松がカルビの載《の》った皿を傾け、網《あみ》の上に箸で流しこむ。

すかさず奉行《ぶぎょう》の叱責《しっせき》が飛んだ。

「オイ、おそ松！　お前なにやってんだ！　そんな一気に肉を焼くな！」

「腹減ってんだからいいだろー。ホルモンも焼こ」

「だからなんで全部置くの⁉　肉が重なってんだろが！」

「最終的には焼けるって」

「ハァ⁉　無神経の国から来たの⁉　帰国しろお前！」

「フッ、このイチボとトンビ……？　をもらえるか？」

「オイ、カラ松！　カッコつけてよく知らない部位《ぶい》を頼むな！」

「す、すまない……！」

さらにチョロ松は牛タンを何度も裏返す一松を見とがめ、

「一松！　牛タンを裏返すのは一回きり！」

「まじで？」

「トド松！　ホルモンは皮側からしっかり焼く！　そして脂身《あぶらみ》は軽く炙《あぶ》るだけだ！」

「めんどくさいなぁ……」

「ほら十四松！　早く食べたいからって火を強めない！　肉は高温で熱するとたんぱく質の変性によって収縮する！　だから弱火でじっくり焼くのがいいんだ！」

「わかった！　弱火！　弱火ってなに⁉　あははは！」

十四松は焼けたばかりのホルモンを口に放りこみながら笑う。

「……あのさぁチョロ松。そういうのやめたら？」

そこへ一石を投じたのはさっき帰国を言い渡されたおそ松だ。

暴走する焼肉奉行を止められるのは長男しかいない。

「せっかくみんな焼肉を楽しんでるのに、仕切られたらうざいよ」

「そうそう」と一松が頷《うなず》く。

チョロ松は不満そうに訴える。

「僕はみんなのために肉を最高の状態で食べてもらおうと思って！」

「それだよ。大間違いだよね。みんな自分の好きに食いたいのに、焼き方を押しつけられたら美味《うま》いもんも不味《まず》くなるよ。つまりお前のやり方は逆効果。だからモテないんだよ」

自分もモテないくせに大上段から知ったような理屈をふりかざす。

やはりこの男でないと6つ子の長男は張れない。

チョロ松が反論する。

「そんなわけないよ！　そもそもモテるためにわざわざ本まで読んで焼肉の勉強したのに！」

「あのさ～ほんとそういうことだよ？　ダメだよね～？　それに詰めも甘い。弱火でじっくり焼くのはいいよ？　じゃあ焼けるまでの時間持て余さない自信ある？　その間繋《つな》ぐトークスキルはあんの？」

「……っ、だから焼肉の話をするよ！　歴史から産地から等級から！」

「あーダメダメ！　ズレてる！　全然違う！　なんで気づかないかな～」

おそ松は三男の致命的な非モテ思考を暴《あば》き出す。

「そもそもお前はそういうとこあるよ？　自分が正しいって周りが見えなくなる感じ？

ほら、お前よく俺にトイレットペーパー使い過ぎって言うじゃん。あれ普通だから。トイレットペーパーは豪快に使うもんだから」

「限度があるでしょ！　一回で三分の一くらいなくなるから！　無駄遣《づか》いはよくないって言ってるんだよ！」

「は？　ティッシュの無駄遣いはお前の方だろ。このチョロシコッティ」

「誰がチョロシコッティだよ！」

「シコー帝」

「シコー帝ってなに⁉」

「あ、すいません、ミネラルシコーターください！」

「ミネラルシコーターってなに⁉」

そこへトド松が割りこみ、攻撃の矛先《ほこさき》を変える。

「それはともかくさ、チョロ松兄さんの言う通りだよ」

「なんだよトッティ」

「おそ松兄さん便座のフタも毎回下ろさないでしょ？　あれもやめて」

「はぁ？　男ばっかの家で便座のフタ下ろす必要ないだろ？」

「フタがあるなら下ろしてよ！　臭《にお》うしさ！」

「臭いものにはフタか……お前はそういうやつだよ」

「そんなこと言ってないでしょ⁉　おそ松兄さんはだらしないって言ってんの！」

「それなら言わせてもらうけどなあ⁉　トド松お前だって風呂入る時へそから洗うのやめてくれる⁉　あれイライラすんだけど！」

「はぁ⁉　そんなのボクの勝手でしょ！　へそは体の中心なんだからいつもきれいにしていたいの！」

「誰も見ねえよそんなもん！」

「いや！　見るし！」

「まぁまぁ、やめるんだブラザー」

口論がヒートアップしてきたのを見かねて、カラ松が芝居《しばい》がかった調子で割って入る。

「なに？　カラ松兄さん」

「今は至《し》福《ふく》の焼肉タイム……争いはノーセンキューだ」

渋みの利いたポーズを決め、室内なのにサングラスを装着するカラ松。

「もう争うな……。言いたいことがあるならオレに言え！」

いつもは痛々しい次男だが、こういう時は男らしさが光る。

「そう……オレの気になるところがあったら何でも言ってくれ！」

カラ松は立ち上がると、突如《とつじょ》普段着のパーカーを脱ぎ捨てた。

あらわれたのは自分のキメ顔をプリントしたラメラメのオリジナルＴシャツ。

自信満々にゆっくり両腕を広げ、天を仰《あお》いで目を閉じるカラ松。

まるで痛いところなど何もないと言わんばかりである。

「「「「……」」」」

肉の焼ける音と十四松がホルモンを嚙《か》む音が響く。

兄弟五人が視線を合わせ、一松が代表して答えた。

「息してるとこ？」

「Ｏｈゴッド!!」

天に叫んで座敷に崩《くず》れ落ちたカラ松。

だが、気合いで顔を上げて反論する。

「じゃあ一松！　お前はよく猫を部屋に入れるがちゃんと洗っているのか！　たまにオレの服に足跡がついてるぞ！」

「ケッサクだな」

「ケッサクじゃない！」

「あははは！（くっちゃくっちゃ！　くっちゃくっちゃ！）」

「十四松、ホルモンずっと嚙み続けてるけどそろそろ飲みこんでいいよ」

「そうなんだ！　知らなかった！　ありがとう一松兄さん！」

あちこちで巻き起こる口論。

「そもそもチョロ松お前はなあ⁉」

いつしか肉の焼き方はそっちのけで、互いの日頃の癖《くせ》が気になってしかたなくなった6つ子たち。

「おそ松兄さんこそ！」

「おそ松兄さんは歯《は》磨《みが》きの後も汚い！」

「お前の底意地《そこいじ》も汚いよ！」

「あと食べ方も汚い！」

「生きざまが汚い！」

「抽象的ななじり方やめてくれる⁉」

「あはははは！（くっちゃくっちゃ！　くっちゃくっちゃ！）」

「あ、店員さん、黒ウーロン茶くださーい」

「トッティ！　黒ウーロン茶頼むな！　もっと肉と真剣に向き合えよ！　お前そういうとこあるよ⁉」

「ボクの勝手でしょ！　肉と真剣に向き合うってなに⁉」

「焼肉食いに来てんのに健康なんて気にすんな！　空気読めよ！」

「空気読んでないのはどっち⁉　だから長男なのに尊敬されないんだよ！」

「え⁉　尊敬されてないの⁉」

「気づいてないの⁉」

「（くっちゃくっちゃ……！　くっちゃくっちゃ……！）」

「言い過ぎだぞトド松……トゥーマッチだ」

「なに、カラ松兄さん」

「ブラザー同士の争いなんて見たくないと言っただろう……。文句ならオレに言え！」

「もうカラ松兄さんには言うことないよ！　逆に！」

「逆にないのか⁉」

「強《し》いて言うならさっきからカッコつけてるけどかわいい女の子の店員さん意識してんの丸わかりだから！　チラッチラ見てさ！」

「そ、そそ、そんなことはない！」

「バレバレだぞクソ松。捕まれ」

「一松、そこまで言うならオレも言わせてもらおう！」

「なにを」

「家で外から猫の鳴き声が聞こえるたび『ん、猫か……？　いや赤ん坊か？　……やっぱ猫か？　いや赤ん坊……？　どっちだ……？』と毎回言うのはどうかと思うぞ！」

「だってどっちかわからない時あるだろうが！」

「（くっちゃ……！　もぐ…………！）」

「……十四松？」

一松がふと気づいて十四松に声をかける。

言い合いに夢中になっていたが、十四松の様子がおかしいことに気づいたからだ。

「十四松兄さん⁉」

「十四松⁉」

十四松は明らかに変だった。

口いっぱいに何かを含んでいて、それがダヨーンの口の倍ほども膨《ふく》らんでいた。

そして目の前を通り過ぎた店員の背中に向かって、助けを呼ぶように手を伸ばすが、その思いは届かない。

「も……ぐ…………！　……………………っ！」

十四松の口は今にも爆発しそうなほどはちきれそうで、兄弟たちは慌《あわ》てふためいた。

「十四松兄さん、もしかしてホルモン食べてる⁉」

「あれだけあった網の上のホルモンがないぞ！」

「焦《こ》げるから十四松が食べてくれてたんだよ！」

「シット……！　オレたちが争っている間に……！」

「飲みこむタイミングを言わなかったからずっと噛み続けてたのか……！　すまない十四松……！」

「もっ…………！　もも…………ももも…………………っ‼」

十四松はなにかを伝えようと手をばたつかせるが、それ以上に口の膨張《ぼうちょう》が止まらない。

「なんかさらに膨らんできてない⁉」

「えっ⁉　ホルモンって膨らむの⁉」

「どういう原理⁉」

「フン、本気で噛めば膨らむのかもな……」

「いやないから！　ありえないから！」

「……って、おおおお⁉　じゅうしま――っ⁉」

「もももももももも…………………………‼」

「「「「うわぁぁぁぁああああああ‼⁉」」」」

口ばかりでなく体全体が風船のように膨らんでいく十四松。

逃げ出そうとする兄弟たちだが、部屋いっぱいに膨らんだ十四松に圧迫され、全員が壁に押しつけられて逃げられない。

やがて十四松の足元が浮き上がる。

「「「「浮いたぁぁあああああ⁉」」」」

メキメキメキキ……！　と圧迫された部屋が悲鳴を上げ、やがて大きな破壊音とともに建物の天井が抜けた。

そして十四松の体は一直線に月へと向かう。

「「「「えええええ――‼⁉」」」」

透き通った夜空に舞い上がった十四松。

地上から百ｍほどだろうか。

直径で五尺、六尺ほどに膨れ上がった直後——。

十四松の体が爆音を発し、まばゆい光とともに炸裂《さくれつ》した。

「「「「十四松————!!?」」」」

兄弟たちの絶叫《ぜっきょう》が響き渡る。

そして夜空に描かれた巨大な七色の文字。

それは十四松が伝えたかったメッセージだった。

——『網替えてください』

舞い散る火の粉にいまだ耳に残る心地よい爆発音。

消えていく文字を見送りながら、おそ松とカラ松が悔《くや》しさをにじませる。

「十四松……必死にそのことを伝えようと……」

「オレたちが肉をそっちのけにしたばかりに……」

そしてトド松が呟《つぶや》いた。

「……そんな体張って言うこと？」

宴の夜は静かに更《ふ》けていった。

3

人間検定

平日の松野家《まつのけ》。

外からは、精力的な工事現場の音と、隣の家を訪れた営業マンの元気のいい声が響いている。

6つ子の部屋では、まっ昼間からおそ松《まつ》とチョロ松《まつ》が寝ころんで、いつものように有り余る時間を浪費《ろうひ》していた。

「あ〜暇《ひま》だなチョロ松〜。な〜暇〜」

「ちょっとおそ松兄さん、本読んでるんだから邪魔しないでよ」

「本ったってお前、それ駅でもらった無料住宅情報誌だろ〜？　そんなん見てどうすんの？」

「イメージだよ。将来こんないい家に住むんだってイメージするの。強いイメージは現実化するんだよ」

「そんなんどうでもいいからさ〜！　なんかおもしろいことないの〜⁉」

「聞いといてどうでもいいとか言うなよ！　そもそもそうやって暇だとか面白《おもしろ》いことないのかって口にするから現状が変わらないのであって――」

「あ！　思いついた！　この有り余る時間を売って儲《もう》けりゃいいんじゃない⁉　名案！」

「それを労働っていうんだよ」

呆《あき》れたチョロ松はため息をつきながら情報誌のページをめくる。

すると。

「ん？」

チョロ松が視線を奪われたのは資格スクールの広告ページだった。


『はじめよう新しい自分！』

『資格をとってプロになろう！』

『自分らしさ発見！』


などという前向きなうたい文句が躍《おど》り、ワンランク上の人生を実現するための資格の数々が紹介されている。

「どうした～チョロ松～？」

おそ松はそれを寝ころんだまま覗《のぞ》きこんでつまらなさそうに言う。

「なんだよ資格かよ～つまんないな～！」

「あのね、時間があるなら資格の勉強もいいんじゃない？　これだけ色々あるんだからおそ松兄さんが興味持つのもあるんじゃない？」

「あるわけないだろ！」

「なんでキレるんだよ！」

言いながら、再びチョロ松は誌面に目を落とす。

そこに並んだ資格の名前にいまいち見覚えがなかったからだ。

持ち前の意識の高さからこうした資格スクールの広告を見ることは珍《めずら》しくないチョロ松。

普通なら、医療事務、社会保険労務士、ファイナンシャルプランナーなどのメジャーな資格が紹介されているが、それがどこにもない。

その代わりにこんな名前が並んでいる。


『億万長者検定』

『一級街角ナンパ士』

『第一種コミュニケーションモンスター』


どうにも見覚えのない資格の数々。

これが目に入ったからチョロ松は気になって手を止めたのだ。

チョロ松は首を傾《かし》げる。

「なんだこれ⁇」

「ったくチョロ松は……。まだ資格なんかにこだわってんの？　だからお前はって……これ、え――⁉　これえぇぇぇ――‼？」

再び誌面を覗きこんだおそ松は、初めこそ斜《なな》めに見ていたものの、そこに書かれた魅力的な文言《もんごん》の数々に飛び上がった。

「これマジ⁉」

『あなたも貞検《ていけん》をとろう！』

「貞検だってよチョロ松！」

「貞検ってなに？」

「童貞《どうてい》卒業認定資格だよ！」

「いやいや資格とって童貞卒業とかおかしいでしょ⁉」

「でも見ろって！」

『あなたも今すぐモッテモテ！』

『お金持ちでエロい彼女が一瞬で！』

『とにかくエロい！　引くほどエロい！』

『末代までエロい！』

「末代までエロいってなに⁉」

「しかも『受講者の99％が実現』だってさ！」

目を爛々《らんらん》とさせるおそ松。

しかも『受講はラクラク一日のみ！』『即日取得！』『暇つぶしに最適！』『なんなら寝ながらでも可能！』などと書いてあれば、おそ松が興味を持つのも無理はない。

そして極《きわ》めつけはこの文言だ。


『基本無料！』

『むしろ払います！』


「それがタダ⁉　むしろ金くれるって⁉」

「なんで払うんだよ！」

おそ松はチョロ松から情報誌を奪い取り、食いつくように記事を読むと、せっついた。

「おいこれみんなでやろうぜチョロ松！　ラクしながら誰でも金持ちでモテモテになれるんだって！」

「はぁ、ちょっと冷静になってよおそ松兄さん」

しかしここで踊らされないのがチョロ松だ。

普段から意識が高いこともあり、常識を見る目は肥《こ》えている。

冷静に広告を確認しつつ、

「そんな都合のいい話あるわけないでしょ？　こんな資格どれも見たことな――」

そこで目についたのは、『一級アイドル現場管理士』の名前。

「一級アイドル現場管理士⁉」


『地下アイドルとつながれる確率99％！』

『運営なんか怖くない！』

『運営よりも運営！』

『さあキミもつながろう！』


チョロ松は勢いよく立ち上がる。

「今すぐ行こう！」

「いいねチョロ松！」

おそ松も立ち上がり、話を聞いたほかの兄弟ともども弾丸《だんがん》資格取得ツアーが決行されることになった。


「「「「「「うぉぉぉおおおおおおお‼」」」」」」

砂埃《すなぼこり》を巻き上げ、六つの弾丸となった兄弟たちがたどり着いたのは、街のはずれの雑居ビル。

煤《すす》けたコンクリートの階段を上がると、監獄《かんごく》のような重たい鉄の扉が兄弟たちを迎えた。

Ａ４の藁半紙《わらばんし》で代用された表札には、『Mr.《ミスター》Ｉのニコニコ資格スクール』とサインペンで書かれていた。

「「「「「「頼も――――!!」」」」」」

ドガァンと、まったく恐れることなく、欲望のまま鉄の扉を蹴《け》り開けた６つ子たち。

中に待っていたのは優雅《ゆうが》に脚《あし》を組み、アールヌーボー調の猫脚《ねこあし》の椅子《いす》に腰かけた男だった。

「お、来たざんすか？」

真っ白なスーツに身を包み、不自然に突き出た前歯。作り物くさいまっすぐな金髪を肩まで伸ばしている。

「……ってまた６つ子ざんすか⁉　ま、まあいいざんす……」

６つ子には聞こえない小さな声で呟《つぶや》く。

「「「「「「資格ひとつください!!」」」」」」

「ん～いいざんすよ？」

「あれ？　あんたどっかで見たな？」

男がゆっくり立ち上がったところで、おそ松が怪訝《けげん》な目を向ける。

確かに見覚えのある男だった。

というか明らかに、

「お前イヤミじゃん」

「ち、違うざんす！」

「そうだね！　知ってる！　たぶんイヤ――」

「ミーは知らないざんす!!」

十四松《じゅうしまつ》が名前を言いかけたところで、男が大声でそれを制した。

「ミーはお前たちなんか知らないざんす！」

「でもそのしゃべり方、どう考えてもイヤ――」

「誰ざんすかそれは!?　でもよほど優雅で賢《かしこ》いおフランス帰りの紳士とお見受けするざんす！　フランス帰りの紳士はだいたいこんな感じざんす！」

「そうなんだ！　ぼく知らなかった！」

素直な十四松が受け入れる。

とはいえ見るからにイヤミである。カツラで変装をしていてもあの特徴的な出っ歯と口調は隠せない。

ただ、今の６つ子は夢のような資格の数々に目がくらんでいる。

仕掛け人がイヤミであろうと、輝かしい未来への切符《きっぷ》が手に入るなら、それに乗ってみようという気持ちになっていた。

「……本当に資格をとらせてくれるんだろうな？」

おそ松が一番重要なことを確認すると、男は自信満々に頷《うなず》く。

「もちろんざんす！」

「まあ……それならな……。タダだし暇つぶしにやってみるか」

「そうざんす！　ミーを信じれば間違いないざんす！　騙《だま》されたと思ってやってみるざんす！」

大事な資格さえとらせてくれるなら、この際細かいことは気にしないでおこうと判断したおそ松と弟たち。

男はそれを見て少しほっとした表情をすると、６つ子たちに歩み寄り、その顔を値踏《ねぶ》みするように見回す。

「では、まずこのゼッケンに自分の名前を書くざんす！　チミたちは誰が誰かわからないざんすから、デカデカと名前を書いてそれをつけるざんす！」

「えー！　なんだよこれ？　カッコ悪いじゃん！」と、おそ松。

「ボクは見分けつくでしょ？　かわいいから」

「あははは！　運動会みたい！」

それぞれ文句を言いつつも、言われた通り自分の名前を書いたゼッケンをつける６つ子たち。

それを見届けると、男は言った。

「さて、まずは手始めにある検定を受けてもらうざんす」

「で、これって何のテストなの？」

チョロ松が目を細める。

６つ子たちは学校形式に配置された席につき、机の上に配られた解答用紙をまじまじと見ていた。

埃《ほこり》っぽい部屋。窓は全面、厚い遮光《しゃこう》カーテンで閉め切られている。

部屋の前方、古びた黒板の前に立った男が言う。

「細かいことは気にするなざんす。お前たちにふさわしい資格が何か、適性を調べるようなものざんす」

「まぁいいか……やればいいんだよね」

「そうざんす！　まあ気楽にやるざんす！」

シャーペンを手にとり、解答を書きはじめたチョロ松にならって、ほかの兄弟たちも検定を開始した。

――そして二十分後。

「さあ終わりざんす！　最後まで答えを埋められたざんすか？」

「まあだいたいは」

トド松《まつ》が答える。

「じゃあ解答用紙を回収するざんす！」

男は軽快な足取りで各自から解答用紙を回収し、部屋の前方の講師机に戻った。

「ふむふむ、なるほどざんす」

そして持ち出したいかにも賢そうなメガネをかけ、六人の解答用紙に次々と赤ペンを入れていく。

「で、これ何のテストだったんだよ？」

おそ松が痺《しび》れを切らしたように尋《たず》ねる。

講師の男はにやりと笑みを浮かべて答える。

「これは『人間検定』ざんす！」

「「「「「「人間検定？」」」」」」

「そうざんす！　基本的な人間のレベルを測るテストざんす！」

「あっはは、そうなんだ。じゃあ心配ないね！　俺ニートでも人間のレベル的には同世代筆頭だから！」

おそ松が能天気に笑う。

「フッ、ティーチャー？　そんな紙切れでオレの輝きを測れるのか？　まあお手並み拝見《はいけん》といこう」

「人間力ね、当然僕が一番だと思うけど。いずれタイム誌も放っておかない影響力ある日本人になる予定だし」

「……人間力って、おれにあるわけないでしょ」

「あははは！　人間力ってなに？　強いの⁉　ハッスルハッスル！　マッスルマッスル！」

「バッカみたいだね。そんなのいいから早く資格をとらせてよ」

それぞれに感想を漏《も》らす6つ子たち。

その様子を見て男は酷薄《こくはく》な笑みを浮かべる。

「なるほどざんすね。自信がおありのようで？　では結果を発表するざんす」

とたんに静まり返る部屋。

男は採点を終えた解答用紙を改めて眺《なが》め、部屋を震わせるような大声で発表した。

「全員……落・第ざんす‼」

「「「「「「え――――――‼？」」」」」」

驚きを隠せない6つ子たち。

「このテストは『人間検定　底辺級』‼　つまりお前たちは人間として最低のレベルにも達していないざんす‼」

「「「「「底辺級!!?」」」」」

「タイム誌も世界の最もどうでもいい一〇〇人に名を連ねるレベルざんす!!」

「「「「「世界の最もどうでもいい一〇〇人!!?」」」」」

「そうざんす!!　後悔するざんす!　これはお前たちが何も努力せず親のすねばかりかじり続けてきたツケざんす!」

「僕たちが落第……?　人間として……?」

チョロ松が現実を受け止めきれずに呟く。

自分たちは人間の最低レベルにも達していない。

人間として生きる資格すらなかったのだ。

恐るべき事実を突きつけられた六人。

しかしにわかには納得できない。

「そ、そんなはずがないだろう!　このオレの輝きが見えないのか!?」

カラ松《まつ》は立ち上がり、着ていた服を脱ぎ捨てると、胸元をはだけた真っ白なナイトガウン姿になる。そしてどこからか持ち出したワイングラスをニヒルに揺らしてみせた。

講師の男は火が付いたように反論する。

「まさにそれがダメざんす!　なぜここで急に脱ぐざんす!?　自分を客観的に見られないのは人間として下の下ざんす!」

「Ｏｈ、ミステイク!!」

トド松も食い下がる。

「ちょっと先生？　言いたいことはわかるけどさ？　ボクはバイトだってしてるしリア充の友達だっているんだよ？　兄さんたちと一緒にしないでくれる？」

「出た！　出たざんす！　競争相手が底辺だからこそ起こる勘違《かんちが》い！　世間《せけん》はそんなぬるま湯で生きてないざんす！　なんて低いお山の大将！　その山の標高はおよそ２㎝ざんす！」

「２㎝!?」

がっくりとうなだれるカラ松とトド松。

しかしまだその現実を受け入れることができない兄弟たち。

おそ松が声を上げる。

「どうせ適当なこと言ってんだろ!?　そんな紙切れ一つで俺たちの人間性なんてわかるかよ！」

「そ、そうだよ！　どうせでまかせでしょ!?　採点基準を教えてよ！」

同調して息を吹き返すトド松。

講師の男は呆れとともに長いため息を吐いた。

「……仕方ないざんす。それなら答え合わせをするざんす」

「の、望むところだ！」

憐《あわ》れみさえ感じさせる男のため息に一瞬たじろぎながらも、強気の姿勢を崩《くず》さないおそ松。

講師の男は指をなめつつ解答用紙をめくり、どの設問を例にとろうか吟味《ぎんみ》する。そして決めた。

「じゃあ問2ざんす。『道で百円玉が落ちていた。あなたはどうしますか？』。これにおそ松、お前はどう答えたざんすか？」

おそ松は少し考えつつ堂々と答えた。

「拾うよねそれは。だって百円だよ？」

「不正解ざんす。立派《りっぱ》な人間は百円だって警察に届けるべきざんす」

「は？　何言ってんの？　三分以内に使えばセーフでしょ」

「そんな『食べ物落としても三秒以内ならセーフ』みたいなルールはないざんす！」

「別にいいだろ！　俺は世間の輪《わ》から外れた金を世の中に戻してんだよ⁉　経済回してんの！　パチンコでも一緒だよ！　俺は落ちてる玉をせっせと拾って大事に使ってんだぞ⁉」

「まさにそういうところがダメざんす！」

「それだけじゃない！　競馬場で捨ててある馬券に当たりがないか必死に探したりもするんだぞ⁉」

「せせこましい！　最高にせせこましいざんす！　人間のレベルがこれでもかというほどにじみ出てるざんす！」

聞いていたほかの兄弟たちも「うわぁ」と引き気味になる始末。

そして講師の男は再び解答用紙をめくる。

「次は問5ざんす。『混雑する駅の改札で自分のすぐ前の人が引っかかってしまった。あなたはどうしますか』。じゃあ一松《いちまつ》、答えるざんす」

「どうにもしないね」

「ほう、立派ざんすね。じゃあ隣の改札に行こうとしたらまた前の人が引っかかった。どうするざんす？」

「どうにもしない」

「なるほど。じゃあしばらく待ってやっと改札を通ろうとしたら横入りされた。どうするざんす？」

「どうにもしない」

「それはなぜざんす？」

「いや、おれそもそもそんなとこ行けないし。そんな人混《ひとご》みの中なんて緊張で息できなくなって死ぬから」

「本当にどうしようもないざんす！」

さらに男は解答用紙をめくり、

「問6ざんす。『駅の上りの階段で前を行くミニスカ女子のパンツが見えそうだった』。チョロ松、どうするざんすか？」

「そうだね……」

チョロ松は腕を組んで真面目《まじめ》な顔で悩み、なめらかに語り始めた。

「はじめに言っておくけど僕は別にパンチラを見たいわけではないからね。あくまでも質問に対して答えているわけで、僕の本心ではないからね。その上で話すと、まずは疑われないように対象から一定の距離を保つことが重要かな。こんなご時世だからね、変に疑われたら終わりだよ。だから立ち止まって伸びでもして対象との距離をとろうかな。あくまで自然にね。『あ〜連日の残業堪《こた》えるな〜』なんて呟きながらね。そして自分の横に人が来ないような位置取りも同じく重要。あらぬ疑いをかけられたら困るからね。ああ、監視カメラの有無《うむ》も確認するのも忘れずに。そしていざ階段を上る時も気は抜けない。なるべく前屈《まえかが》みになって上り出す。ややだるそうにね。ポケットに手を入れて、余裕があれば予想に反した今朝の株価にでも思いを馳《は》せようか。とにかく、あたかも階段の上方になんて気にも留めていないという態度を貫《つらぬ》くよ。焦《あせ》りは禁物。いつだって焦りが人生をダメにするのはわかるよね？　そして一段、二段と上りはじめ、周囲からあらゆる危険が排除されたことを確認したら――満を持《じ》して覗く。パンチラをね」

「長文気持ち悪いざんす*!!*」

そしてその後も答え合わせは続き、惨憺《さんたん》たる結果が告げられる。

ここにいたり、ついに自分たちのヤバさに気づいた六人。

兄弟の普段の思想や行動を改めて聞かされると、そのどうしようもなさをまざまざと感じ、人として最低レベルにも達していないという悲惨《ひさん》なテスト結果も頷けてしまう。

　思いがけず言葉を失う兄弟たち。

　それを見逃さず畳《たた》みかける講師の男。

「ともかくお前たちは人間失格ざんす！　というかよく今までその事実から目をそらし続けてきたざんす！　逆に尊敬するざんす！」

「「「「う……！」」」」

　容赦《ようしゃ》なく浴びせられる現実という名の冷たい雨。

「お前たちは危機感が足りないざんす！　親が死んだらどうするざんす？　家が燃えたらどうするざんす⁇　路頭に迷って野良《のら》犬とエサを奪い合う未来を想像するざんす！」

「「「「ううう……‼」」」」

「「「「あああああああ!!!」」」」

「お前たちはすでに詰んでるざんす‼」

　ついに6つ子たちが事実を痛感した時。

　講師の男は一転、優しい声音《こわね》で言った。

「だからこそここのスクールに来てもらってよかったざんす」

「……え？」

　おそ松が顔を上げる。

「だからこそそこのスクールで資格をとって現実に華々《はなばな》しく凱旋《がいせん》するざんす」

「先生……？」

チョロ松が感動とともに呟く。

「僕たちも生きていていいんですか……？」

仏《ほとけ》のような慈悲《じひ》深い微笑《ほほえ》みを浮かべゆっくり何度も頷く講師の男。

暗い影が差していた6つ子たちの顔に希望の光が戻る。

「おれたちも一人前になれるのか？」

「ぼくも⁉　ぼくも⁉」

一松と十四松が尋ねる。

「もちろんざんす！」

講師は力強く頷いた。

「すべてミーに任せるざんす！　お前たちを立派な人間どころかモテモテスーパーイケテルガイズにしてみせるざんす！」

講師は閉め切っていた窓のカーテンを勢いよく開け放った。

恵みのような日の光が六人に降り注ぐ。

「「「「「「やった――――‼」」」」」」

この時、6つ子たちから一切《いっさい》の疑念は消えた。

「資格をとるぞ――――！」

「「「「「「資格をとるぞ――――‼」」」」」」

「未来をつかむぞ――――！」

「「「「「未来をつかむぞ――――!!」」」」」

そして彼らは目の前の怪《あや》しげな講師にこれからの人生を託《たく》すことに決めたのだった。


「ではまず一人百万円ずつ出すざんす」

「「「「「ええ!?」」」」」

開口一番《かいこういちばん》、講師の男が告げた言葉に6つ子たちは言葉を失った。

「どういうことだよ！　基本無料って書いてあっただろ！」

憤慨《ふんがい》したチョロ松が食ってかかる。

「基本無料ざんすよ？　人間検定だって無料だったざんす」

「まぁそうだけど……」

「でもこの先は有料ざんす。それだけ価値のある講座だから当たり前ざんす」

「でも一人百万円なんて払えないよ！」

「ふーむ、ミーは安いと思うざんすが？」

講師の男はそう言うと、思い出したかのように扉に向かって手を叩《たた》いた。

「そうそう、今日は特別ゲストを呼んでいたざんす！　入るざんす！」

すると扉から入ってきたのはまたも見覚えのある人物。

頭に旗《はた》が突き刺さった妙な出《い》で立《た》ちの少年だった。

「ひさしぶりだじょー」

「ハタ坊《ぼう》!?」

「そう、彼はお前たちの先輩ざんす!」

「先輩?」と十四松。

「そうざんす! 彼はこの講座の卒業生! 億万長者検定に合格して文字通りスーパーお金持ちになったざんす!」

「そうだじょー。がんばったじょー」

「ほ、ほんとに!? ハタ坊!?」

トド松は身を乗り出して尋ねる。

ハタ坊といえば泣く子も黙る巨大会社の社長、ミスターフラッグの名で知られる富豪中の富豪だ。

没落しても成り上がり、成功したその原動力がこの講座で学んだことや資格の力だというなら、これ以上ない実例だ。

「ほんとだじょー。ここの講座がなければ自分はなかったじょー。旗の刺さりもよくなったじょー」

「「「「「旗の刺さりも!!?」」」」」

正直それはどうでもいいが、本人の重要な証言が得られた。

あまりの金額に腰が引けていた六人も前向きに考えざるを得なくなる。

ハタ坊のような超成功者になれるなら百万円という出費も安いもの。

部屋の隅《すみ》でこそこそと講師の男とハタ坊が袖《そで》の下から懐《ふところ》へと何かの受け渡しをしていたが、進むべきか進まざるべきか悩んでいる6つ子たちの視界には入らなかった。

「正直、元なんてすぐとれるざんす！」

講師の男は断言する。

「百万なんてはした金ざんす！　スーパースターになれるざんすよ？」

「す、スーパースターだと⁉」

比較的冷静なカラ松も大金のある未来とスーパースターという響きに酔わされる。

きらびやかなステージに立つ自分、満員の武道館に沸き上がるカラ松コール、世界を股《また》にかけるスーパースター……。

それを見逃さず男がカラ松の横にすり寄った。

「そうざんすね、カラ松？　お前にはこんな資格が向いてるざんす」

「オレに向いてる資格だと？」

「コレ。初級ハードボイルダーなんてどうざんす？」

「初級ハードボイルダー⁉」

「さらに中級、上級とランクアップして、お前なら最終的に超弩級《ちょうどきゅう》ハードボイルダーになれるざんす」

「超弩級ハードボイルダーだと!!?」

「次はチョロ松、お前にはこれざんす」

「なに？」

「アイドル現場管理士。いわゆる士業《しぎょう》ざんすね」

「士業!!」

「つまり業務独占資格ざんす。アイドルとつながるのも自由。ステージ裏で生《なま》着替えに出くわすのも自由。アイドルの尻馬《しりうま》に乗って富と名声を得るのも自由ざんす」

「なにそれ最高じゃん!!」

「トド松はこれなんかどうざんすか？」

「なになに??」

「特殊合コン免許」

「特殊合コン免許!!」

「今をときめくタレント限定の合コンから、Ｆカップ以上限定の合コン、超セレブ限定の合コンまで、庶民《しょみん》じゃ決して参加できない特殊合コンへの参加権が得られるざんす」

「ください!!」

「お、お、おれは？　おれにもなにか……??」

「一松、焦るなざんす。お前にはコレ、キャットテイマーざんす」

「そそ、それは何ができるんだ!?」

「手から無限に猫がでるざんす」

「うぉぉおおおおお!!」

「おそ松にはベーシックなのを紹介するざんす」

「ベーシック？　なになに!?」

「自宅警備員甲種ざんす。国家資格ざんすね」

「えー！　国家資格!?」

「つまり国が責任を持って死ぬまでニート生活を保障してくれるざんす」

「まじで――!?」

「十四松にはこれざんす。助《すけ》っ人《と》外国人」

「助っ人外国人!?」

「その名の通り助っ人外国人ざんす。本場メジャーの力を見せてやるざんす」

「よっしゃ!!　やるぞー！　ふんぬっ！　ふんぬっ!!」

資格の魅力にすっかり酔わされてしまった六人。

それぞれの輝かしい未来に夢中になり、目の前の常識感覚など消し飛んでしまった。

「じゃあ百万円払ってもらうざんす。あ、金がなくても平気ざんすよ。ミーが経営するニコニコトイチ金融《きんゆう》から貸し出すざんす」

「おいおいマジかよ！」

「いたれりつくせりかよ！」

「トイチって何⁉　まあいいよね！」

こうして六人はその場で怪しげな契約書にサインをするのだった。


そしてMr. Iの資格講座が始まった。

「まずは人間の基本から叩き直すざんす！　早朝の駅の出口に立って誰彼かまわず大声で挨拶《あいさつ》するざんす！」

「「「「おはようございます！」」」」

「まだ声が小さいざんす！　恥《はじ》なんて捨てるざんす！」

「「「「お疲れさまです‼」」」」

「もっともっと声がでるざんすよ！　迷惑なんて顧《かえり》みるなざんす！」

「「「「ありがとうございます喜んで‼」」」」

「次はあのビルの上から下まで飛びこみで名刺《めいし》交換してくるざんす！」

「「「「失礼します！」」」」

「業種なんて気にするなざんす！　名刺を百枚もらってこれなきゃ帰ってくるなざんす！」

「「「「どうか名刺交換だけでも‼」」」」

「断られても傷つくなざんす！　冷たい機械の心を手に入れるざんす！」

「「「「「わかりましたまた来ますね!!!」」」」」


「今度は穴を掘るざんす！」

「「「「「わっせ！　わっせ！」」」」」

「次は掘った穴を埋めるざんす!!」

「「「「「わっせ!!　わっせ!!」」」」」

「また今度は掘るざんす！　意味など考えるなざんす！　眠りたい以外の感情を失うざんす!!」

「「「「「わっせ……！　わっ……せ…………」」」」」

「さあまた埋めるざんす！　それを三日続けるざんす！」

「「「「「……わっ……せ…………っせ……――」」」」」


来る日も来る日も繰り返される無意味な反復行動。

血と汗《あせ》と感情がぼろぼろとこぼれ落ちていく。

しかし輝かしい未来に目を奪われ正常な判断力を欠いた六人は、望みの資格取得のため、言われるがまま二十年以上ためこんだ体力を燃やすように消費していったのだ。

そして一週間後。

「うーひっひっひ、馬鹿《ばか》な6つ子ざーんす」

資格スクール講師の男――イヤミは馬鹿な生徒から奪った大金を胸に抱き、ほくそ笑んだ。

「こんなまんまと騙されるなんて、やっぱり社会経験がない奴《やつ》はダメざんすね？」

「イヤミ？　よくわからないけど自分は役に立ったかじょー？」

「ああハタ坊、もう結構ざんす。いい仕事だったざんすよ」

「じゃもう帰るじょー」

ハタ坊はイヤミの依頼でよくわからないままサクラをしていた。

そしてハタ坊は悪気も興味もないようないつも通りの無感情な顔ですたすたと帰っていった。

相変わらず何を考えているのかわからない奴と思いつつそれを見送り、イヤミは邪悪な笑みをこぼす。

「そもそもあんな意味があるようでまったく無意味なブラックトレーニングで何者にもなれるわけがないざんす！　身も心もボロボロになって病院行きが関の山ざんす！」

日本社会の闇《やみ》である。

ただ、誤算だったのは6つ子たちが想像以上にタフで、持ち前の軽い頭と欲求不満エンジンフル回転で、言われるがまま突っ走り続けたことだ。

その気迫は凄《すさ》まじく、指示したイヤミさえも引くほどだった。

「妙な恐怖を感じたざんすが……まあどうでもいいざんす！　さあ今夜は一人で焼肉フルコースざんす！」

そして。

悲劇が起きたのは、イヤミがスキップを踏んで街へ繰り出し、肉を食い酒を飲み、千鳥《ちどり》足《あし》で家路につこうとする時だった。

「いや～食った食ったざんす～！　ゲップ！　ウィ～……」

「あらお兄さんイイ男～？　もう一軒寄ってかない？」

ネオン輝く夜の街。きわどい服を着た美女が扇情《せんじょう》的なポーズでイヤミに声をかけた。イヤミは目をハートマークにして跳《と》びあがる。

「これはカワイコちゃん～！　行く行く～！　行くざんすよ～！」

「うふふふ、じゃあこっちよ～」

そして連れていかれたのは少し寂《さび》れた裏通り。

ピンクの照明。裸婦《らふ》の石像。いかにも淫猥《いんび》な雰囲気《ふんいき》が漂う雑居ビルの二階にその店はあった。

「いらっしゃいませ～」

豪華《ごうか》なサテンのソファにはすでに笑顔の美女が四～五人待ち構えていた。

「おお〜！　またまたカワイコちゃん！　この店は最高ざんすね〜！」

ご機嫌なイヤミは次々と酒を注文し、飲みに飲んだ。

そして二時間ほど飲み続け、二十三時を過ぎようという頃。

「ああもうこんな時間ざんすか？　じゃあそろそろお会計するざんす！」

隣の美女にイヤミがそう伝えた瞬間だった。

「あら〜？　そんなつれないわねぇ〜？」

「え？」

よく見ると、その美女の顔には見覚えがあった。ケバケバしい厚化粧《あつげしょう》で原型をほぼとどめていないが、確かに知っている。

「ねぇ、イヤミさぁん？」

「お、お前はチョロ松⁉　いつの間に⁉」

「いやトド松だから！」

時代遅れのボディコンにソバージュ、それは夜の蝶《ちょう》へと姿を変えたトド松だった。

美女に紛《まぎ》れてずっとそこにいたが、酩酊《めいてい》したイヤミはその存在に気がつかなかった。

「ねぇボーイさん？　このお客さん帰るってぇ？」

そしてトド松は部屋の隅に立つスーツ姿の男に声をかける。

「それは聞き捨てならないな？」

サングラスの向こうからでもわかる鋭い眼光。

暗がりから靴のかかとの音を響かせソファへ近づいてくると、天井の照明に照らされてその顔が明るみになる。

「お前はカラ松⁉」

「ヘイお客さぁーん？　日付が変わる前に帰ろうとするなんて職務怠慢《たいまん》じゃないですかぁ～？」

「こ、これは仕事じゃないざんす！　ミーは帰るざんす！」

「ホワ～イ？　意識が低いですねぇ～？　もっと自分を追いこまないと同期に差をつけられても知りませんよぉ～？」

「同期なんていないざんす⁉」

「あっはっは、飲みが足らないいんじゃない～⁉」

「お前はおそ松！」

「俺の若い頃はさ～？　毎晩日が変わるまで飲み歩いたもんだよ～。それが仕事の肥《こ》やしになるんだって。だから飲んでほら？」

「これは〝遊びも仕事のうち〟論者！　時代錯誤《さくご》の武勇伝を披《ひ》露《ろう》しつつ若手への教育を装って自分の破《は》天荒《てんこう》さをアピールしたいだけのクソ野郎ざんす！」

「もう言い訳は聞き飽きましたねぇ？」

「チョロ松⁉」

「いいですか？　『無理』っていうのはね？　嘘《うそ》つきの言葉なんです。途中でやめてしまうから無理になるんです」

「他人の言葉を借りて自分の言い分を正当化しようとするクソ上司⁉　まさに虎《とら》の威《い》を借る狐《きつね》！　これも度《ど》し難《がた》いクズ野郎ざんす！」

「…………は？」

「一松⁉」

「…………………………は？」

「不機嫌で相手をコントロールするタイプの先輩⁉」

「あははは！　根性だよ根性！」

「十四松⁉」

「根性でどうにかなるよ！　時間がない？　ないのは根性！　死ぬ気でやってみて？　死なないから！」

「根性しか言わない思考停止の脳筋《のうきん》ドブ上司‼」

わらわらと闇よりも暗いブラックスーツの男たちに囲まれるイヤミ。

これは自分が育ててしまった怪物だ。

「あ、あわわわ……助けてくれざんす〜‼」

薄暗い店内にイヤミの悲鳴が響く。

「ミーが悪かったざんす〜〜〜〜〜‼」

「社長、葉巻をどうぞ」

「ありがとうだじょー」

断末魔《だんまつま》の悲鳴が響いた店のバックヤード。

どれも金色に輝く豪奢《ごうしゃ》極まる家具に囲まれ、その男はグラスを傾けた。

――店の名は『ナイトサロン・フラッグ』

「ちょうど使える人材がいて助かったじょ～」

ブラックトレーニングに染まりきり、特殊な能力に目覚めた6つ子たちを拾ったのはこの男。商才の化け物と呼ばれる経済界の異端児《いたんじ》である。

「何でもモノは使いようだじょー」

いつも通りの読めない顔でハタ坊は一人葉巻をふかし、夜の街に呟いた。

4 DJ★Ichimatsu

——世はＤＪ戦国時代。

全国のホールで個性的なＤＪたちがしのぎを削《けず》り、時代のテンションを上げ続けるかつてないビッグウェーブが訪れていた。

ここはクラブ『モンゴロイド』。

夜な夜な洒落《しやれ》た音楽通や刺激を求める若者たちが集《つど》う興奮《こうふん》の坩堝《るつぼ》。

そろそろ夜も深くなる。

メロウでポップなＥＤＭ《エレクトロニック・ダンス・ミュージック》が大音量でフロアを沸かせていた。

今夜もメインフロアには客がひしめき、その誰もが、小高い場所に位置するＤＪブースに熱い視線を送っていた。

「みんな……アガってる？」

クールな声がマイクを通してフロアに伝わると、歓声《かんせい》が押し寄せる。

ブラックキャップを目深《まぶか》にかぶり、表情を隠すようにプレイを続ける伝説のＤＪ。彼が今夜のフロアキラー。

——ＤＪ★Ｉｃｈｉｍａｔｓｕ。

その名がコールされると、割れんばかりの歓声が、今の彼には少々小さいハコをガンガンに揺らした。

「……ふぅ。今夜も回したな」

自分の担当時間を終え、フロアの端にあるバーで冷えたイェーガーを呷《あお》るIchimatsu。

この瞬間が彼のもっとも幸せな時間と言っても過言ではない。

ブースでフロアを沸かせている時間も幸せだが、元々明るい性格ではなかったIchimatsuだ。

そもそも「DJならしゃべらなくていいし、人の作った曲を適当にかけるだけとか楽じゃない？」が出発点だったIchimatsu。

今だってプレイ中に発する語彙《ごい》は「アガってる？」と「回すよ」の二つしかないし、だからフロアの客からは「でたでた」「仏像プレイ」と口々にささやかれるのだった。

ゆえにこうしてひっそり、一人で余韻《よいん》に浸《ひた》るのが最上の時間だった。

「今夜もよく回してたわね？」

その背中に声をかけ、近づく影があった。

Ichimatsuは振り返って答える。

「……TOTOKOか」

「ええ。ＴＯＴＯＫＯよ」

――ＤＪ　ＴＯＴＯＫＯ。

この界隈《かいわい》ではＩｃｈｉｍａｔｓｕと唯一《ゆいいつ》渡り合えるスキルを持った女ＤＪだ。

大きくスリットの入った真っ赤なタイトドレスに薔薇《ばら》をあしらった髪飾り。

少々荒っぽいノリのこのクラブには不釣り合いな衣装だが、これが彼女のスタイルだった。『本物』は空気を読まない。いつだって自分のスタイルを貫《つらぬ》くのだ。

「悪くない回しだったわよ」

「ああ、よく回した」

もはやツーカーの関係だ。

二人はこのクラブができた頃からスキルを競いあった腐《くさ》れ縁《えん》でもある。

あの頃は駆け出しのベイブに過ぎなかったが、今や二人はここの二大支配者《ダブルマスター》だ。

Ｉｃｈｉｍａｔｓｕは寡黙《かもく》なプレイヤーだが、ＴＯＴＯＫＯは対照的にオープンマインドが代名詞。人当たりの良さと生来の目立ちたい精神で周囲を積極的に巻きこんでいくタイプだ。

「集客のためには手段を選ばない」「地下アイドル崩《くず》れ」「声援の数だけ性根《しょうね》が腐っていくタイプの女」「必死すぎ」など彼女を称《たた》える言葉には事欠かない。

まさにフロアの女王である。

しかしなぜ地下アイドルはＤＪをやりたがるのだろうか。

「おお、久しぶりじゃん！」

そこへ現れたのは、やたら楽天的な笑顔を浮かべた男。

「ＯＳＳＯか」

——ＯＳＳＯ。

ＯＳＳＯは屈託《くったく》のない男だ。

ＩｃｈｉｍａｔｓｕよりＤＪを少し早く始めていて、よちよち歩きのＩｃｈｉｍａｔｓｕに色々と仕込んだベテランでもある。

彼も二人に負けず劣らず名の知れたプレイヤーで、「煽《あお》りが下手」「引き継ぎが雑」「使う曲が違法ダウンロード」という負の三拍子《さんびょうし》で有名だ。

マイペースかつ常識破りなプレイが持ち味で、今日だってトイレを借りるふりをして入店料をチョロまかすという独特のグルーヴを発揮《はっき》していた。

「ＯＳＳＯは今夜回すのか？」

「今夜はやめとく。最近はもっぱらこっちしか回さないね」

ＯＳＳＯはくるくると右の手首を揺らした。

その右手には道で拾ったいい感じの枝が握られていて、天に向かって垂直に伸ばされた枝の先では、百均で買ったプラスチック皿が危なげに回っていた。

要は皿回しである。

「……変わらないなＯＳＳＯは」

Ｉｃｈｉｍａｔｓｕが言うと、ＯＳＳＯは首をすくめてみせる。

「変わってしまう俺が見たいのか？」

「言ったって無駄だろう？」

「まあ……な」

そう。Ｉｃｈｉｍａｔｓｕは何度も言った。

ＤＪなのに勘違《かんちが》いした感じで皿回しをしてウケたいというＯＳＳＯに対し、それは無理《むり》筋《すじ》だと何度も言った。

それは回しているんじゃない。スベっているんだ。

そう何度も言ったのだ。

しかしＯＳＳＯは聞かなかった。頑《がん》としてＤＪなのに勘違いした感じで皿回しをしてウケたいと主張し続け、それから半年。

彼のゆく道の先に人はおらず、後にもいない。

まさにオンリーワンの道をひた走るＯＳＳＯは、いまだにＤＪなのに勘違いした感じで皿回しをしてウケたためしがなかった。

「フッ、どうしたんだ、お三人さん？　珍《めずら》しい顔ぶれだな」

そこへまた新たな男が現れた。

「ＡＴＡＭＡｇａ★ｋａｒａｍａｔｓｕか」

――ＡＴＡＭＡｇａ★ｋａｒａｍａｔｓｕ。

フロア一の目立ちたがり屋で、常《つね》に自分が主役でないと我慢《がまん》できない男だ。

やたらスクラッチがしつこく、むしろそれしかなく、多くの女性客からは「スクラッチがしつこい男は夜もしつこい」と敬遠されているが、本人に女性経験は一切《いっさい》ないのでその批判は的外《まとはず》れだった。

ちなみに、ＡＴＡＭＡｇａ★ｋａｒａｍａｔｓｕは作曲もする。

「もはや自分の手足も同然」とうそぶくピアニカで、自分だけの世界を奏《かな》でるのだ。

「休憩《きゅうけい》時間に曲を作った。回してみるか？」

ＡＴＡＭＡｇａ★ｋａｒａｍａｔｓｕは挑戦的な笑みを浮かべ、アンセムだという自作の盤をＩｃｈｉｍａｔｓｕに投げてよこす。

「……」

しかしＩｃｈｉｍａｔｓｕはそれをガン無視したので、盤はカランと悲しい音を立てて落ち、床を転がって排水溝にダイヴした。

「フッ、なるほどな」

なるほどとは。

だが、こんなことで堪《こた》えるＡＴＡＭＡｇａ★ｋａｒａｍａｔｓｕではない。

なんせＡＴＡＭＡｇａ★ｋａｒａｍａｔｓｕなのだ。

「さぁて今夜もフィーバーするか」

ＡＴＡＭＡｇａ★ｋａｒａｍａｔｓｕはホールのセンターへと歩み出て、くるりと踵《かかと》で回転すると、陶酔《とうすい》した表情でパチンと指を鳴らす。

「今夜の主役は……オレだ」

——静寂《せいじゃく》。悲しいほど誰も彼を見ていない。

そう、いつもフィーバーしているのは彼の頭の中だけだった。

しかし……ただ一人だけ違っていた。

「………」

Ichimatsu。

この広いホールで、マジのガチで誰一人としてATAMAga★karamatsuに注目していない中、Ichimatsuだけが彼に熱視線を注いでいた。

そしてさっき強がって受け取らなかった盤を溝からこっそり拾って懐《ふところ》に入れた。本当は喉《のど》から手が出るほど欲しかったのだ。

誰にも言わないがこのIchimatsu、ATAMAga★karamatsuに憧《あこが》れていた。

呼吸を整え、Ichimatsuは尋《たず》ねる。

「ATAMAga★karamatsu。今夜は回すのか？」

「……回さないさ。なにしろ金がなくてレコードを買えない」

なんと彼はDJを名乗りながら一枚もレコードを所持していない。

無職だから無理もない。なのに堂々とDJを名乗れる図太い神経と空気を読まないストロングスタイルが彼の持ち味だった。

「フッ……レコードも回さないし借金で首も回らない……そんなトコだな」

別にうまくもないし悲しいだけだ。

「ぷっ……！」

しかしＩｃｈｉｍａｔｓｕ、一人だけツボる。

そう、Ｉｃｈｉｍａｔｓｕはとにかく絶望的にセンスがないのだ。

どいつもこいつもクセのある連中ばかり。


その時、メインフロアからひと際大きな歓声が上がった。


「……なんだ？」

Ｉｃｈｉｍａｔｓｕは身を乗り出してＤＪブースを覗《のぞ》きこむが、盛り上がるピーポーに阻《はば》まれて見えない。

「誰かしら？」

「ニュービーか？」

ＴＯＴＯＫＯやＯＳＳＯらもその様子が気になるが、なかなか状況がつかめない。

これだけフロアを沸かせるなんてただ者ではない。

彼らの知る中でそれだけのスキルを持つ人間はいない。

つまりは新顔。

「すまない、すまない、通してくれ」

Ｉｃｈｉｍａｔｓｕが人ごみをかき分けて進んでいく。ＯＳＳＯらもその後に続いた。

そしてＤＪブース前へ。

Ｉｃｈｉｍａｔｓｕたちはその姿を見て愕然《がくぜん》とした。

「ＡＨＡＨＡＨＡＨＡ！　ＡＨＡＨＡＨＡＨＡ！」

ＤＪブースにいたのはやたら陽気な男だった。

見慣れない顔だ。やはり最近デビューしたニュービーだろう。

「とんでもない奴《やつ》がいたもんだ……」

ＯＳＳＯが天を仰《あお》いだ。

「そうね……」

ＴＯＴＯＫＯも頷《つぶや》く。

「Ｏｈ……」

さすがのＡＴＡＭＡｇａ★ｋａｒａｍａｔｓｕも「降参《こうさん》だ」とばかりに両手を上げた。

今夜の主役はこの男。

「ＡＨＡＨＡＨＡＨＡ！　ぼくイン・ダ・ハ――――ウス!!」

なにしろその男は服を着ていなかったのだ。

端的《たんてき》に言えば全裸《ぜんら》だ。しかし単なる全裸ではなく、レコード盤を持っていた。一枚だけ持ったレコード盤を股間《こかん》の前にかざし、それを驚くべきスキルで操《あやつ》ることで、見えそうで見えないぎりぎりのラインを守っていた。

ここはクラブである。神聖なＤＪブースなのだ。

そこでまさかの全裸芸とは、さすがにグルーヴ違反だ。

まさにバンデット・ボーイの登場だった。誰もがその目を疑った。

「なんてことだ……!!」

Ｉｃｈｉｍａｔｓｕの心臓が胸の中で暴れだす。

数十年に一人、こういった型破りな才能が現れる。

一体誰が夜のクラブに来てまで全裸芸をしようと思う？

そんな時、決まってＩｃｈｉｍａｔｓｕは自分の不甲斐《ふがい》なさを責めるのだ。

——自分は今まで何をしていたんだ……？

街の片隅《かたすみ》で自販機の釣り銭《せん》口をディグっている暇《ひま》があればレコードを揃《そろ》えればよかった。

客が近づいてきた時だけ適当によくわからないツマミを回して「やってる感」を出すことばかり上手《うま》くなってしまった。

自分がそんなことをしている間に、こうしてＤＪブースで全裸芸をするような核弾頭《かくだんとう》が現れてしまうのだ。

そう、奴は、Ｄ（出オチの）Ｊ（十四松）。

どれだけ人気があって、どれだけスキルのあるＤＪだって敵《かな》わない。

全裸という最強の出オチで、登場からすべてを持っていくルール無用の残虐《ざんぎゃく》ＤＪなのだ。

彼の登場は見る者に絶望を与えた。

そして同時に希望さえも与えた。

「そうか……そうなのか……」

Ｉｃｈｉｍａｔｓｕたちは気づいたのだ。

自分たちは〝回す〟ことに囚《とら》われすぎていた。

ＤＪだからって円盤を回さなくたっていい。

股間を隠したっていいんだ。

それは暗闇《くらやみ》にさした一筋の光明《こうみょう》だった。

誰もそのことに触れなかったが、Ｉｃｈｉｍａｔｓｕをはじめ、どいつもこいつもどん詰まりなのだ。日本を代表する底辺の群れ。

いわばＤ（どん底）Ｊ（ジャパン）なのだ。

そもそも彼らは馬鹿《ばか》の一つ覚えのようにプレイのことを〝回す〟としか言わない。そのためしばしば他のＤＪグループとの意思疎通《そつう》に失敗した。

この語彙のド貧弱さこそ彼らが世代を代表するどん底の群れである証《あかし》とも言えた。

だが回さなくたっていい。股間を隠したっていいんだ。

そんな宝石のような希望をＩｃｈｉｍａｔｓｕは目《ま》の当たりにしたのだ。

しかし、Ｄ（出オチの）Ｊ（十四松）はこんなものではなかった。

「あ、あれを見ろ!!」

OSSOが震えながらD（出オチの）J（十四松）の股間のレコード盤を指さした。

「な、なんてこと……」

TOTOKOがわなわなと首を振る。

「Oh……アンタッチャブルボーイ……」

ATAMAga★karamatsuが額《ひたい》を叩《たた》いた。

「まさかあれは……ドーナツ盤!!?」

Ichimatsuの言う通り。

ドーナツ盤とは、正式にはシングルレコード盤と呼ばれるものだ。

今は見かけないジュークボックスのオートチェンジャー機構に対応するため盤の中心に直径4㎝ほどの穴が開いている。

そう、穴が開いている。

それを股間隠しに使っている。

つまり〝見えている〟のだ。ずっと〝見えていた〟のだ。

何がってイチモツがだ。

「「「「うおぉぉぉぉおおおおおお!!!」」」」

ホールが揺れる。

まさか見えているわけがない。皆そう思っていたのだ。

見えているような気がするがそんなわけはない。だってここは公共の場だ。レコード盤で股間を巧妙《こうみょう》に隠す全裸芸をしているのに、まさかその盤に穴が開いているなんて誰も思わない。

そうした常識のヴェールに守られていた人々は、ついに剝《む》き出しの現実の前に放り出された。

もう誰も守ってくれない。一線を越えてしまったのだ。

「「「「Ｈｕｈｈｈｈｈｈｈｈｈｈｈ!!!」」」」

しかし奴らもヤワじゃなかった。

パーリーピーポーはいつだって新しいものが見たい。新しくて刺激的なものが見たい。

その欲求に見事Ｄ（出オチの）Ｊ（十四松）は応えたのだ。

「ＡＨＡＨＡＨＡＨＡＨＡ！　マイ・ネーム・イズ・ア・ペ――――――ン!!」

ジュークボックスはアメリカで生まれたもの。

広く自由なアメリカの空気を吸って、彼は羽ばたいたのだ。

倫理《りんり》の向こう側へ。

「「「「ＵＳＡ！　ＵＳＡ！　ＵＳＡ！　ＵＳＡ！」」」」

ＵＳＡコールが鳴りやまない。

「……新世代の一つの到達点だな」

ニットキャップを目深にかぶった男――音楽ライターのチョロが呟《つぶや》いた。

本場ニューヨークとまだまだ成長途中である日本のＤＪシーンの差について深く切りこむ記事を書く。なお合衆国には一度も行ったことはない。

あくまで素人《しろうと》目線にこだわり、誰かがネタＤＪでスベり倒せば嬉々《きき》として書き立てるスピード感、かわいい女ＤＪがいればどこへだって駆けつけるハイエナにも劣るドブのような精神で有名な男である。

かつてはＤＪとして活躍していた時期もあるらしい。

「僕くらいになると円盤じゃなくてＰＤＣＡサイクル回しちゃうからね」

誰も聞いていないのに呟いた。

さらにその後方、フロアで一部始終を自信たっぷりの目で眺《なが》めていたのはある一人の若者。

「ふふん、面白《おもしろ》そうじゃん？」

不敵に笑う彼の名は、Ｔｏｄｏｍａｔｓｕ・ＵＫ。

ＵＫの最新ＤＪシーンを知り尽くし、あらゆるホールを総なめにしてきた破格の才能の持ち主だ。

「今夜、時代が変わる瞬間を見られるかもね？」

そう言ってＤＪブースへ足を踏み出す。

「見せてあげるよ。ボクのＵＫスタイルをね」

スキルなんていらない。彼はそう豪語する。

ノリと勢いでその場をねじ伏せる剛腕《ごうわん》が代名詞。

「ウェェエエエエエイ‼」

つまりU（ウェイ）K（系）。

今夜も酔った勢いだけでその場をかき回す。

――やられたな。

Ｉｃｈｉｍａｔｓｕは天を仰いだ。

まさに奇跡の夜だった。

D（出オチの）J（十四松）やＴｏｄｏｍａｔｓｕ・UKは、もはや生き方のヴァイブスが違う。

Ｉｃｈｉｍａｔｓｕはここにきて、むしろ爽《さわ》やかな笑みを浮かべた。

そして仲間たちに視線を送ると、フロアの真ん中へと駆け出した。

音楽に身をゆだねて体を揺らし始めるＩｃｈｉｍａｔｓｕ。

そう。これでいいのだ。

DJとしての優劣も上下も関係ない。

いい音が鳴れば体が勝手に踊りだす。

それがここでの正しい人間のあり方だった。

「もう何も考えない――」

この音の波がどんな悩みも押し流してくれる。

そうして上手に現実から目を背《そむ》けてきたのだ。
そしてＤＪなんてどいつもこいつも不器用な人間ばかり。
Ｉｃｈｉｍａｔｓｕだってそうだった。
Ｉｃｈｉｍａｔｓｕは運命に抗《あらが》うような、したたかな笑みを浮かべた。
「おれはフロアしかアゲられない――」
そう言って人間の程度をアゲ損《そこ》ねてきたのだ。
だからごらんの有様《ありさま》なのだ。
うねるＥＤＭが、この夜とＩｃｈｉｍａｔｓｕの人生をまどろませる。
今日もただ音に身を任せて、夜が更《ふ》けていく――。

5 日曜日の国

「ハッスルハッスル！　マッスルマッスルー！」

金属バットが空《くう》を切る音が河原《かわら》に響く。

今日のスイングもキレていた。

ある日の昼下がり、今日も今日とて野球のユニフォームに身を包み、河原で素振りを繰り返す十四松《じゅうしまつ》。

ご近所からは「普段何してる人なの？」と噂《うわさ》され、子供からは「素振り怪人」と呼ばれ、そのストイックな姿勢に一目《いちもく》置かれているが、本人は知る由《よし》もない。

「ホ――――ムラ――――ン‼」

カキィンと快い《こころよ》打球音が鳴った。

十四松が硬球を打った音だ。

普段は素振りだけを繰り返しているが、今日は河原の草むらに硬球を見つけたことで小《こ》躍《おど》りし、意気《いき》揚々《ようよう》それをかっ飛ばしている十四松。

「た――――まや――――‼」

眉《まゆ》の上に手をかざし、打球の行方《ゆくえ》を追う。そしてはるか向こうに球が落ちたのを確認すると、「わっせ！　わっせ！」と走って追いかける。

誰か相手がいればいいが、いかんせん一人きりなのでやむを得ない。

一松《いちまつ》を誘ってはみたが、「近所の野良《のら》猫が毛玉を吐いた」らしく、様子を見に行くから無理と断られた。ちなみに猫は定期的に毛玉を吐く。

「あれー？　ないぞー？」

球の落下地点で白球を探す十四松だが、見つからない。

十四松に限って目測を誤ることもないはずが、ない。

しばらく草むらをかき分け続けた十四松は、しかし白球ではない何かを見つけた。

「これなんだろ⁇」

それは穴だった。

ちょうど人一人が入れるくらいの穴が、草むらの中にぽっかりと口を開けていた。動物が掘った穴か。あるいは誰かがいたずらで掘った落とし穴か。

「おーーーーい！」

穴を覗《のぞ》いて呼びかけてみると、声は暗闇《くらやみ》の中へ吸いこまれていく。

底は見えない。手を伸ばしてみてもやはり底には届かない。

球はここに落ちたのだろうか。

「…………ん？」

しばらく穴を覗いていると暗闇に目が慣れ、地上から2ｍくらいの側壁《そくへき》にできたくぼみに何かが引っかかっているのに気がついた。

十四松が目を凝《こ》らすとそれは……エロ本だった。

「おおおおおお――――――!!?」

瞳《ひとみ》を輝かせテンション爆上げの十四松。

しかしどれだけ手を伸ばしてもエロ本までは届かない。

周囲を見回したがちょうどいい枝などもない。

十四松はしばし考え、その直後。

「と――――う!!」

穴に底があるかなんてどうでもいい。

落ちたらどうなるのかなんてどうでもいい。

男にはそれよりも大事なことがあるのだ。

十四松はプールに飛びこむ要領で頭から穴へダイブした。

「あわわわわわわ!!?」

落ちる。無限に落ちていく。土も草の匂《にお》いもいつの間にか消えて、真っ暗で何も見えない中を落ちていく。手でつかんだはずのエロ本もいつの間にかどこかへいってしまった。

そして落ちていく感覚も次第《しだい》になくなって、上も下もわからず宇宙空間に自分一人だけ漂っているような不思議な感覚に襲《おそ》われた。

――目が覚めると、森の中にいた。

知らない森だ。

「あれー？　ここどこ？」

意識を失っていたはずの十四松。穴に落ちた直後の記憶はあるが、それから何が起きたのかはわからない。普通なら、はっきりしない意識と何がどうなってここにいるのかという経緯《いきさつ》を記憶から辿《たど》ったりして、しばらく動けないはずだが、十四松はノータイムでコメツキバッタのように勢いよく飛び上がった。

ぐるりとあたりを見回す。

「あー……」

やはり知らない場所だ。空を埋めつくすほどの背の高い木々に囲まれ、遠くから鳥に似た声が聞こえる。明らかにさっきまでいた河原ではない。

周囲の草は膝《ひざ》あたりまでの丈《たけ》があるが、十四松の立っているところには一本も生《は》えていない。つまり道になっている。やや湿《しめ》った土。機械で整備されたにしては粗《あら》いが一応舗装《ほそう》されていて、自動車のものには見えない、まるで馬車が通ったような轍《わだち》があった。

「…………」

明らかに異質。

重なりあう樹冠《じゅかん》の向こうにちらりと中世ヨーロッパ風の宮殿が見える。

今までいた場所とは間違いなく違う。それどころかまるで日本ではないように見える。

ここはどこ？　なぜこんなところにいる？　何者かに連れ去られた？

普通なら恐怖と困惑《こんわく》混じりに考えを巡《めぐ》らせうろたえるものだが、十四松は違った。

「ない！　どこ!!　ないないない!!!」

エロ本がない。

それはやはり男という生き物にとっては一大事なのだ。

すると、その叫びを聞きつけたのか、多数の足音が背後から近づいてくるのがわかった。

「んー？」

十四松が振り返ると、二十人ほどの集団が、警戒《けいかい》しつつじりじりと距離を詰めてきていた。

大人も子どももいて、子どもは大人のかげに隠れつつも、その目はいざとなれば共に戦うという意志に満ちていた。

女性はいない。男だけの集団だ。服装は現代日本のものとは思えない、中世ヨーロッパ風の粗末《そまつ》な服で、部分的になめした皮や鈍《にぶ》い光を放つ金属の鎧《よろい》を身につけている者もいた。

そして、武器を持っている。

無骨《ぶこつ》な長槍《ながやり》やナイフ、石の斧《おの》などをそれぞれ携《たずさ》えている。

目の前の未知の存在、つまり十四松に対する警戒と敵意がありありと表れていた。

「？」

十四松はそんな男たちを見て首を傾《かし》げていたが、やがて奥の方からするすると一人の少年が前に出てきて、仲間たちを振り返り首を振った。

優しい目をした子だ。まるで戦う必要はないとその目で諭《さと》しているように見えた。

少年は十四松の方へ向き直り、一度大きく唾《つば》を飲んだ。

そしてゆっくり片手を上げ、意を決するようにこう言った。


「うんこ！」


うんこ。

そう、うんこである。

彼はうんこと言ったのである。

あんこでもいんこでもない。うんこと言ったのだ。

すると堰《せき》を切ったように男たちの大合唱が始まった。

「うんこ！」「うんこー！」「うんこ！」

「うんここ！」「うんこ！」「うんこっこ！」

それはまるで戦場に響く勝鬨《かちどき》のように重厚で、人一人の人生観さえ変えるような、心にびりびりと響く「うんこ」だった。

はじめはみんなトイレに行きたいのかと思った十四松だが、どうやら違うらしい。

誰もが親しげな笑顔を浮かべていたり、手を上げていたりする。

どうやら友好的なアプローチをしているらしい。

つまりこれは挨拶《あいさつ》だ。

しかし急に見知らぬ土地に飛ばされて、謎の先住民に「うんこ」などと大合唱されても普通の人間はすぐに順応などできない。

挨拶とわかってもその通りに返すのは気恥《きは》ずかしさもあるし、そもそも「うんこ」が挨拶だとはにわかには信じがたい。誰だって葛藤《かっとう》する。

だが。


「ちんこ！」


しかし十四松、見事に順応する。

それどころか自分なりのアレンジさえ加えてみせた。

すると。

「「「「「……ちんこ!!!」」」」」

返ってきた。

そこからは大変だ。

「ちんこ！」「ちんこ！」「ちーんこ！」

「ちんちん！」「ちんちこ！」「ちんちこちん！」

ちんこの大合唱である。

男たちは満面の笑顔。

まさにパーフェクトコミュニケーションである。

彼らの顔は興奮《こうふん》と喜びに満ちていて、口々に言葉を交わす。

「こいつ、アレンジ加えてきたぜ⁉」「おいおい、響きが最高じゃねえか！」「天才だ！」「挨拶新時代の幕開けだ！」「これ流行《はや》らせようぜ！」「ティンコ！」「おいおいお前それいいな⁉」

もはやそこに緊張感などない。あっという間に、まるで昔から見知った幼《おさな》なじみのような気安い関係が構築されていた。

あちこちで肩を組み合い、ハイタッチをし、しまいには十四松は胴上げされ、まるで甲《こう》子園《しえん》で優勝したような光景が繰り広げられる。

十四松のおそるべき適応能力が、異文化の壁を超えた瞬間だった。

十四松はさっそく住民に受け入れられ、「王に会わせたい」と集落に連れて行ってもらえることになった。


そこはまさに王宮だった。だだっ広いホール。

ぴかぴかに磨《みが》かれた石の床、細かい飾りの施《ほどこ》された真っ白な柱、脇《わき》に居並ぶ数十人の騎士たちは剣を携えたまま微動だにしない。

映画や歴史の資料集でしか見たことのないような光景。

促《うなが》されるまま赤いカーペットの上を歩いて、ホールの奥へ向かう十四松。

その先には階段があり、数段上がった上には老いた男性が豪奢《ごうしゃ》な椅子《いす》に腰かけている。

彼が王だ。

ここへ来る途中に男たちから聞いた。王はこの国の長老でもあり、最も古くからこの国を知る存在らしい。

老いてはいるが肉体は充実していて、今すぐに戦場へ出ても最前線を駆け回れるような精悍《せいかん》さを誇っている。

「王さま？　あはは！　王さまだ！」

十四松がご機嫌で階段をのぼろうとすると、王はそれを手で制した。

「よい」

そしてそれだけ言うと、自《みず》ら階段を下り、十四松の前に立った。

ホール中にどよめきが広がる。王が自ら椅子を立ち、素性《すじょう》もわからないよそ者と対等な地に並ぶことなど普段なら考えられない。

王は厳《おごそ》かに告げた。

「……ちんこ」

十四松は答えた。

「ちんこ！」

「……ちんこ……言えば言うほど気持ちの良い響きだ」

王はその響きを反芻《はんすう》するように天を仰《あお》ぎ、ゆっくり目を閉じた。五臓六腑《ごぞうろっぷ》に爽《さわ》やかさが染《し》み渡っていく。

「ちんこ……ちんこか……。この挨拶、さっそく国中に広めよう」

王の英断である。

「感服した。その方、名は？」

「ぼく十四松！」

「十四松か……よい名だ。……ちんこには劣るがな？」

「まあね！」

王はニヒルに笑ってみせる。威風《いふう》を失わないまま小粋《こいき》な冗談を口にするこの気安さが、人民をして彼を史上最高の王と呼ばしめる所以《ゆえん》である。

「余《よ》の名は賢王《けんおう》。何もない国だが楽しんでいってくれ」

「ねえねえここどこ⁉　日本⁉」

「日本……？　ふむ、どこかで聞いた名だが、ここは違う」

十四松の質問に王は首を振る。

「ここは古来より続く六大国の一つ、ドーティナンテ・マジヤッベ・ドスケベヤン王国。国の中央を流れる大河《たいが》と農耕で知られる国だ」

見慣れない街並み。見慣れない服装。前時代的な王政。

やはりここは日本ではない。

ここはいわゆる異世界だった。


「うわぁぁああああああああ!!?」


その時、王宮の外から悲鳴が聞こえた。

直後、臣下《しんか》の一人らしい男が慌《あわ》てふためいてホールに飛びこんできた。

「王！　畏《おそ》れながらご報告いたします！　賊《ぞく》が現れました!!」

「また現れたか……！」

「ぞく？　ってなに？」

十四松が尋《たず》ねると、王が答える。

「他国からの侵略者だ。悪魔の力を借りた剣を操《あやつ》り、我が国の男たちでは歯が立たない。このままでは国が奪われてしまいかねん……」

「ふーん、そうなんだ！」

王は苦渋に満ちた顔。

外からはまた悲鳴が聞こえる。

ホールにいた騎士たちも急いで王宮を出て抗戦するが、やはり相手にならないようで、悲鳴の数が増えるだけ。

絶望的な空気に支配されようとしたとき、十四松が立ち上がった。

「十四松殿？」

「ねえねえ！　どうなってんの⁉　お祭り⁉　見たい見たい‼」


十四松が王宮を出ると、すぐに賊と呼ばれた男たちと対面する。

数は三十～四十人程度。奥手に輿《みこし》に担《かつ》がれた鎧の男がいて、どうやら彼が首領らしい。

地面には何人ものこの国の兵士たちが倒れ伏している。

「お前は何者だァ～ン？　おかしな格好《かっこう》しやがってェン！」

首領の男がおかしな出《い》で立《た》ち、つまり野球のユニフォーム姿の十四松を見て言った。

「やあ！　ぼく十四松！」

「ほう……俺とやろうってのかァン？　面白《おもしろ》ゥイ。ずっと退屈してたとこだぜェン？」

おかしな口調の首領の男は、輿を降りて十四松の前へと歩み寄る。そして部下から漆黒《しっこく》のオーラを纏《まと》った禍々《まがまが》しい剣を受け取ると、それを天にかざしてニヤリと笑った。

「これは魔剣だァン。ちょっとでも触れれば命を吸われるぞォン？」

魔剣。おそらくこの世界ではその名を聞けば死の足音が近づく。

周囲にいた男たち全員の表情が凍《こお》りつき、その場に立ちすくんだ。

「これに対抗したきゃ聖剣でも持ってこゥイン？　まァンお前たちにャアン無理だろうがなァン？　なにしろどこにあるかもわからない伝説の剣だァン！」

この国の男たちは悔《くや》しそうに唇《くちびる》を噛《か》む。

しかし十四松だけは違った。

「え？　そう？　あはは！　じゃあこれは⁉」

自前のバットを掲《かか》げる。穴に飛びこむ際、一緒に持ってきたものだ。

そして十四松は何度も素振りを繰り返す。

「ふんぬ！　ふんぬ！」

「むむむゥン……⁉」

その当たれば長打は確定的という鋭いスイングを目《ま》の当たりにし、首領の男も少しだけ怯《ひる》む。

「ほゥン……聖剣とは少し違うようだがァン？　少しはやるようだァン」

「うん！　見てて！　ほら！」

そして十四松は地面に落ちていたほどよい大きさの石を拾い、カキィンと打ってみせる。

「「「「おお……！」」」」

と周囲はどよめき、はるか遠くへ飛んでいく石を見送った。

「ハッ、それがどうしたァン？　そんなことで俺が驚くとでもォォン⁉⁉」

その瞬間だった。

「……アアアアアアアァン!!!?」

首領の男の悲鳴が響き渡った。

いったい何が起きたのか。

首領の男が自分の背後を振り返ると、十四松がしゃがんで男を見上げていた。バットは持っていない。両手を顔の前で組んで、両方の人差し指をまっすぐ伸ばしていた。無垢《むく》な笑顔で。

「あははは！　カンチョー!!」

「あ……アアアアァァン!!?」

あまりの痛みに、首領の男は断末魔《だんまつま》の悲鳴を上げ、その場に倒れた。

カンチョー。

それは諸刃《もろは》の剣《つるぎ》だ。うまく決まれば爆笑がとれるが、当たりどころが悪いと血が出る。たまたまピンポイントで穴に直撃し、指がいくらか穴の中へ荒々しく侵入した日には、救急車を呼ぶ事態にもなり得る。そうした事件が起きた学校では「カンチョー禁止令」が出され、法の力で厳《きび》しく取り締まられることもあった。

それは一瞬の出来事だった。

誰もが飛んだ石の行方に意識を奪われた瞬間だった。

この国を長らく苦しめた賊の首領が、謎の男による謎の攻撃であっけなく討《う》ち取られたのだ。

「お、お、覚えてやがれ――――!!」

賊たちは、一撃でやられた首領を抱え、その場から逃げ去っていった。

あまりの出来事に何が起きたのか状況を把握《はあく》できないこの国の男たち。

「あれ？　えっと、どうしたの??」

さらに事態がつかめない十四松が不思議そうにしていると、男たちの一人がぼそりと言った。

「……聖剣だ」

すると、波が伝わっていくようにどよめきが起こり始める。

「聖剣……？」「あれが伝説の??」「バット関係ねえのか……！」

「じゃああの男が……」「伝説の……??」

そして一気に男たちから歓声《かんせい》が上がった。

「「「「「救世主だ――――!!」」」」」

この日、異世界のある国に、指に聖剣を宿す救世主が降り立った。


その数日後。

王宮には国中の人々が押しかけ、無料で盛大な料理が振る舞われた。

空には花火が何発も打ち上げられ、国を挙げての祝賀ムード。

「新国王の誕生だ―――!!」

王宮の奥、以前は賢王が腰かけていた豪奢な椅子に今座っているのは、十四松。

頭には金色に輝く王冠、肩には長い真っ赤なマントを羽織《はお》っている。

「あははは！　なんだかよくわかんないけど楽しいね！」

上機嫌な十四松に深く頭を垂《た》れる人々。

「くるしゅうない！　くるしゅうない！　あははは！」

十四松は屈託《くったく》のない笑顔で、次々運ばれてくる料理を派手《はで》にむさぼる。

「なんという食いっぷり！　さすが救世主様!!」

「どんどん持ってきて！　超たべる！　あははは！」

その食いっぷりにさえ人民は熱狂し、これから始まる新たな時代に希望を見いだした。

先代の王となった賢王もご機嫌だ。

「余はお前のような救世主を待っていたのだ！　余の後を継いでこの国を発展させてくれ！　わはははは！」

今日は無礼講《ぶれいこう》。この国の長老も大口を開けて笑い、新たな国王の即位を祝った。

賢王は言う。

「この国は古くから六大国の一つと言われているが、実のところ長らく他の五国の後塵《こうじん》を拝《はい》してきた。にぎわっているように見せても国力は衰《おとろ》えるばかり……今や最弱の国なのだ」

Light Novel
OSOMATSUSAN
タテ松

それは国の今後を憂《うれ》う先王の嘆《なげ》きだった。

この立派《りっぱ》に見える王宮も今出されている豪華《ごうか》な食事も、せめて王の周辺くらいはそれなりに見せたいという国民の意地だった。

実際はそれに見合うだけの経済力もない。

賢王は自分の責任だとばかりに唇を噛み、悔しさで体を震わせた。

「だが十四松、その方が王になってくれれば百人力！　ぜひこの国を救ってくれ‼」

「うんわかった！　よくわかんないけど！」

「よーし宴《うたげ》だ！　宴を続けるぞ！」

「ハッスルハッスル！」

「「「「ハッスルハッスル‼」」」」

「マッスルマッスル！」

「「「「マッスルマッスル‼」」」」

滅びを待つ国。

聖剣を持つ救世主。

賊を追い払うことで絶対的な支持を得た十四松は、静かに衰えゆく最弱の国の未来を託《たく》されることになった。

この日から、国は全く新たな発展を遂《と》げていくことになる。

「まず芯《しん》になる泥玉を作るよ！　ねばねばした泥がいいよ！　ハンバーグみたいにベチベチ叩《たた》いて丸く握ってね！」

「「「「「わかりました国王!!」」」」」

「次に細かい砂をかけるよ！　かけたらひたすらこねてね！　一時間くらい！」

「「「「「こねます国王!!」」」」」

「あとは平たい台の上で転がしてね！　二時間くらい！」

「こ、こ、国王！　玉が……玉が光り出しましたぞ!!」

「うおおおお泥団子すげえ!!」

「これが錬金術《れんきんじゅつ》か!?」「家宝にします!!」

　十四松が伝えたきれいな泥団子の作り方は口々に広がり、どの家にも必ず一つはぴかぴかの泥団子が祀《まつ》られるようになった。

　やがてその作り方は識者によって編纂《へんさん》され、聖典として宝物庫《ほうもつこ》に保管されるようになる。

　そして希代《きだい》の為政者《いせいしゃ》としても十四松は頭角《とうかく》を現した。

「王！　若者の欲求不満がたまっております！　行き場のない青い衝動があちこちで噴出し、街が荒れて大変です！」

「うーん……じゃあ辞書ある!?」

「ジショ……とは？」

「こういうぶあつい意味とかのってるやつ！」

「えぇと……こちらでございますでしょうか？　万物便覧《ばんぶつびんらん》です。ですがそれを渡して若者に勉強させよと？　それではかえって逆効果では……」

「国王!!　ジショを若者に渡したら効果覿面《てきめん》！　欲求不満が収まり品行は方正に、生き生きと働くようになりました！」

「ど、どういうことだ!?」

「わからない！　ただ若者たちはある特定のエロい文字群を探すことに夢中になっているとか！」

　思わぬもので若者たちの問題を解決し。

「王！　河を挟《はさ》んだ南地区と北地区で紛争が！　このままでは一般国民に危険が及びます！　武力以外の解決法を！」

「じゃあ消しゴム落としやろ！」

「ケシゴムオトシとは!?」

　平和的に紛争を解決し。

「王！　この国には娯楽《ごらく》が足りません！　他国からも人を呼べるようなエンターテインメントが必要です！」

「じゃあ席替えする？」

「セキガエ!?　何ですその楽しそうなものは!!」

そして国民の家を定期的に入れ替える〝セキガエ〟と呼ばれる一大エンターテインメントが国中を熱狂させた。

やがて好きな子の家の隣になるために賄賂《わいろ》を払う者や、ゲームを借りパクしてバックレたはずの相手とたまたま隣の家になるなどの悲劇も生み社会問題化したが、巨大化したエンターテインメントの宿命として受け入れられ、季節の風物詩として愛されるようになる。

「王！　国の発展が著《いちじる》しいです！　ここでさらなる起爆剤を！」

「じゃあ『だるまさんがころんだ』だね！」

「ダルマサンガコロンダ⁉」

その一カ月後、だるまさんがころんだのプロリーグが設立される。

人気はうなぎのぼりで、プロコロンダーの年収は青天井《あおてんじょう》、子供の将来なりたい職業のトップに躍《おど》り出た。十四松自らもトッププロとして参戦し、〝魅《み》せるコロンダー〟として国民的人気を博すことになる。

十四松による治世は順風満帆《まんぱん》。

国は大きく発展し、平和が訪れ、人々は活気に満ちていく。

向上するQOL《生活の質》。低下する知能指数。

国民の幸福度は向上し、ストレスは霧《む》散《さん》、毎日が日曜日となった。

「あはははは！　毎日たのしいね！」

「十四松王！　王もすっかりこの国の住人ですな！」

「この国の？　なに言ってるの？　ぼくはずっとこの国の住人だけど⁉　あはははは！」


十四松が治める国は特に娯楽に特化した国として繁栄《はんえい》し、国力を増していった。

そんなある日――王宮内の大臣執務室。

「どうだ？　彼は順調か？」

「ええ、賢王様。順調に忘れていっているようです」

「そうか……。これで彼らもこちら側だな」

「はっ……」

賢王は、恭《うやうや》しく跪《ひざまず》く子飼いの部下に向かって微笑《ほほえ》みかける。

その顔には人民に愛された良き先王の面影《おもかげ》はなく、ただ邪悪さだけが湛《たた》えられていた。

「こちらの世界の空気を長く吸い続けると次第に元いた世界の記憶をなくしていく。彼もすっかり忘れたようだ。ふふふ……何日も過ごすうちにだんだん自分がどこから来たのか忘れていく」

実を言うと、この世界には男しかいない。

女はおらず生殖もできない世界。

しかしこの世界の人口は減らない。

その秘密はここにある。この世界の住人のほとんどは別の世界から来た人間なのだ。そんな人間がこの世界には定期的にやってくる。

始めは自分が来た世界を覚えている。しかしこの世界の空気を吸ううちに忘れていく。

そして、やがて自分は元々この世界の住人だったと思いこむ。

ただこの賢王は別であり、元々この世界の生まれ。

数百年間、異世界から迷いこんだ人間を受け入れ続け、ついに大国を築いた。

「だが元いた世界を忘れることは不幸ではない。幸せはここにある。ここには悩みも苦しみもない。ただただ幸福に満ちている。苦しみの多い世界に帰るよりも永遠にこの国で過ごす方があの男にとっても良いだろう」

部下はその考えに賛同するように深く頷《うなず》く。

「ただ一点、不満があるとすれば……」

すると一転、賢王は渋面《じゅうめん》をつくる。

「限られた資源……〝ドリーム〟のことだ」

「――その通りで」

「異世界から時折降り注いでくるあの貴重な資源〝ドリーム〟……。あれがないと我々は生きられない。余はこの国をもっともっと大きくし、国力を増し、他の五大国を征服するのが望みだ。そうすることでドリームを独占したい」

賢王は再び邪悪な笑みを漏《も》らす。

「おっしゃる通りで、賢王様。あの貴重な資源を他国に渡すわけにはいきません」

その資源がなぜ重要なのか。

それは、この世界には男しかいないことに原因がある。

異世界から定期的に人がやってくることで人口は減らないが、性別が一つしかないことは問題だ。単為生殖《たんい》ができるわけでもなく、この賢王だって寿命《じゅみょう》は著《いちじる》しく長いが普通の人間の男性と同じ体のつくりをしていた。

女性がいない。

それゆえに彼は人類最古の童貞《どうてい》だった。

「……」

賢王は宝物庫の鍵《かぎ》を開け、その中に眠る資源〝ドリーム〟を取り出した。

それは冊子《さっし》の形状をしていた。

つるつるとした肌触《はだざわ》り。鮮やかな色とりどりの誌面。扇情《せんじょう》的な文句が躍り、丸みを帯びた異性の裸体《らたい》がこれでもかと並んでいる。

「限られた資源……〝ドリーム〟‼　異世界人が捨てた謎の本‼　我々はこれのおかげで生きながらえている‼」

ページをめくるたび、賢王の鼻から勢いよく血が噴《ふ》き出す。

頰《ほお》は紅潮《こうちょう》し、鼻息は荒くなる。思春期まっさかりの中学生のテンションで賢王は叫んだ。

「必ず余は他国を侵略し、この貴重な資源を独占する‼　そのために十四松よ‼　この国をもっともっと発展させせよ‼　ふは……ふははははは‼」

鮮やかな鼻血が壁を真っ赤に染め上げる。

ついに本性を現した暴君の高笑いが王宮に響き渡った。


ただ、賢王の思惑《おもわく》をよそに、十四松の治世はさらに違った方向へ猛進し、国は様変《さまが》わりしていく。

「これより議会を開会します！　では王！　先回提出された六つの法案についてどれを採決するかご判断を！」

「わかった！　まかせて！」

そして十四松はやたら引き出しがたくさんついたＦ１カーが描かれた筆箱から取り出した鉛筆を転がし、『牛乳瓶《びん》のフタ』と書かれた面が上に来たところで止まったのを確認すると、採決を下した。

「牛乳瓶のフタを国のお金にするよ！　今日からね！」

かっこいいやつやレアなやつは当然貨幣《かへい》価値が高い。

この国の行政はダイナミズムが持ち味だった。

「王！　次の議案を担当している大臣が遅刻しております！」

「えー？　どうしたのー？」

「家から影だけを踏んで議事堂まで来るという自分ルールのためです！　先日できた三車

線の交差点の真ん中で詰んだようです！」

「じゃあしょうがないね！　続きは一カ月後ね！」

十四松は「あははは！」と笑いながらちぎった消しゴムを書記の後頭部にぶつけて決断した。

「でも時間が余っちゃったね！　どうしよっか！」

そして王はしばし考えると「そうだ！」と言って立ち上がった。

「缶蹴《かんけ》りしよっか！」

そしてかぶっていた黄金の王冠を床に置くと、助走をつけて蹴り飛ばした。

代々受け継がれてきた由緒《ゆいしょ》正しい王冠は窓を破って野原を転がっていく。

途端《とたん》、議会からは指笛《ゆびぶえ》交じりの大喝采《かっさい》が起こる。

「「「「「ピュゥゥゥゥウウウ！　缶蹴りだ缶蹴りだァァアアア!!」」」」」

書類は乱れ舞い、椅子や机は蹴り飛ばされ、議員たちは堅苦しいスーツを破って脱ぎ捨てると、窓から出入り口から我先《われさき》にと表へ飛び出していった。

その騒ぎを聞きつけると、街のあちこちからチンパンジーのような奇声《きせい》とともに国民たちも集まってきて、国を挙げた缶蹴り大会が始まった。

今やこれがこの国の日常だった。

「む……むむむむ……」

その様を見て賢王は眉根《まゆね》を寄せた。

「賢王様！　このままではまずいです！　全国民の知能指数が下がり続けています！　このままではバカしかいない国になってしまいます！」

「くっ……十四松め……なんという男よ……」

まさかたった一人の男によってここまで国が変えられてしまうとは。

変えてもらおうとは思っていたがこんな感じではなかった。

人口は確かに増え、国は活気を取り戻していたが、だいぶ方向性が違う。

「このままではバカによるバカのためのバカな国になってしまう……!!」

思い悩む賢王。その耳に、遠くから地鳴りのような音が聞こえた。

そして数え切れない男たちが気勢を上げる、大音声《だいおんじょう》。

「敵襲《てきしゅう》です!!」

部下の一人が賢王のもとに駆け寄ってきて報告した。

「何だと!?　どこの国だ!?」

「すべての国です!!」

「何だと!!!?」

部下が報告するには、六大国といわれる他の五国すべてが一斉《いっせい》に攻めこんできたという。

「我が国の資源を奪いに来たか……！　他国のクズどもめ……!!」

四方を囲まれ、逃げることもできない。

賢王はやむを得ないと号令を下した。

「迎え撃て！　いずれ滅ぼす敵国だ‼　返り討ちにしてやれ‼」

雄叫《おたけ》びをあげて襲い来る敵の軍。すべてが騎馬兵だ。

「なになに⁉　またお祭り⁉」

槍《やり》を携えた歩兵を率《ひき》いて、十四松がそれを先頭で迎え撃つ。

「よーっし！　いけいけー！　ドリームを奪い取れ――‼」

ひときわ威勢《いせい》のいい声を上げるのは敵軍の大将と思われる男。

毛並みのいい馬にまたがり、資源を手にせんと突進してくる。

「んー？　あれー？」

しかし十四松は、その男の顔に見覚えがあった。

「あれ？　もしかしてあれは……？」

同様に敵軍の大将の男も十四松の顔を見て馬を止める。

「ストップ！　スト――ップ‼　みんな止まって――！」

そして率いる騎馬の進軍も止め、十四松に笑顔で声をかけた。

「あれー！　十四松じゃん！　なにしてんのここで⁉」

「あはは！　やっぱりそうだ！　おそ松《まつ》兄さんだ！」

敵軍の大将、それはおそ松だった。

「なんだよ十四松！　お前も来てたんなら言ってくれよー！」

おそ松は馬を降り、十四松の肩を抱いて久々の兄弟の再会を喜ぶ。

どうやらかつての世界は忘れても、６つ子は特別な魂《たましい》のつながりのようなものでお互いのことを覚えているらしい。それをきっかけに、かつての記憶も少しずつ呼び戻されていく。

「お前もバナナの皮ですべって転んで転生したクチ？」

「転生ってなに⁇」

「この世界に来ることだよ」

「そっか！　ぼくは穴に落ちたんだよ！」

「ドジだなー！　あっはっは！」

嬉《うれ》しそうに十四松の背中をバシバシと叩きながらおそ松は言った。

「この世界最高だよなー？　ははっ！　だって馬飼い放題なんだぜー？　夢の馬主《うまぬし》生活！　こないだ国に競馬場作ったんだけどさ、出走馬の馬主ぜんぶ俺だからどれが一着でも俺の勝ちみたいな！　最高じゃない⁉」

どうやら十四松同様、この世界の生活を満喫《まんきつ》している様子のおそ松。

そして言った。

「そういえば来てるのは俺だけじゃないんだぜー？」

するとまた、遠くから土煙《つちけむり》が上がるのが見える。

「クールに決めるぜブラザーズ!!　オレの後に続け!!　キャッチザドリ―――ム!!!」

「「「「キャッチザドリ―――ム!!!」」」」

ニヒルなサングラス。肩で荒々しく引きちぎった黒の革《かわ》ジャン。

自分の顔と「KARAMATSU」という文字を車体に大きくプリントした恥ずかしい改造車を乗りこなし、軍勢を引き連れる男。

「カラ松兄さん！」

「Oh！　マイブラザー十四松じゃないか！　キャッチザドリーム！」

「キャッチザドリーム！　カラ松《まつ》兄さん！」

「久しぶりだなー！　カラ松も！」

「おう！　キング・カラ松と呼んでくれ！」

カラ松は十四松、続いておそ松とハイタッチを交わす。

「ヘイ、どうしたんだ十四松！　お前も何の脈絡《みゃくらく》もなくタライが頭に落ちてきて転生したのか!?」

「ううん！　ぼくは穴に落ちて！」

「穴に落ちてか！　クールだな!!」

すると再び土煙と雄叫びが。

「みんな事前に渡したレジュメには目を通してくれたね!?　一国のCEOとなった僕のガバナンスに隙《すき》はない！　セキュアでシームレスな王政をあなたに！」

「「「「セキュアでシームレスな王政をあなたに!!!」」」」

「あれは……チョロ松《まつ》兄さん!!」

軍勢の先頭をセグウェイで駆けるのはチョロ松だった。

「なんだよ十四松じゃん！　元気だった？」

「元気だったよ！　チョロ松兄さん！」

「なになに？　十四松も女の子が挨拶してきたと思って手を上げて返事したら実は挨拶されたのは自分の後ろの人だとわかって転生したの？」

「ううん！　穴に落ちて！」

「そっかー！　シンプルイズベストだね！」

そして今度は人ではなく気の立った猫の鳴き声が聞こえてくる。

「ニャ――――ン!!」

「「「「ニャ――――ン!!!」」」」

「ニャ――――ン!!」

それはもはや人の言葉を忘れた一松だった。猫と同じように四つ足になり、数え切れない猫を引き連れてやってきた。

「一松兄さん！」

「ニャ――――ン！　ニャ……って十四松か!?」

人語を喪失《そうしつ》していた一松だが、兄弟に会って我《われ》を取り戻した。

「……ああ、あれ？　十四松も猫に轢《ひ》かれて転生したの？　ほっぺたを柔らかい肉球《にくきゅう》でぷにぷにされて昇天する感じで？」

「ううん！　穴で！」

「十四松にしては普通だな」

そしてさらに聞こえてきたのはやはり大勢の人の雄叫び。

ただ、その声は妙に甲高《かんだか》く、「モウヤダー！」「マッテェー？」など元々野太い声の男たちが無理に女声を出そうとしている感じだった。

厚塗りの化粧に巻いた髪、体のラインを強調するボディコン。

要は古い感じのオネエの集団だった。

「さあいくよみんなー！　かわいい感じの奴《やつ》がいたらさらって！　オネエバーで一攫千金《いっかくせんきん》だよー!!」

「「「「イラッシャイマセェ～!!!」」」」

それは、オネエバーで一発当てようともくろむ闇《やみ》のブローカーと化したトド松《まつ》だった。

「トッティ！」

「え……？　十四松兄さん!?　わー久しぶり!!」

十四松とトド松は再会のハグをする。

「十四松兄さんもアレ？　ＬＩＮＥで友達とやりとりしてるうちに眠くなったけどでも相手が空気読まずに返信してくるからやめどきがわからず絶望して転生したの？」

「ＬＩＮＥってなに⁉」

「そっかー！　知らないよね！」

そうして勢ぞろいした松野《まつの》家の６つ子たち。

おそ松が言った。

「結局みんなこの世界に来てたんだなー！　すごい偶然！」

「それで全員国のキングになったというわけか？　フッ、さすがマイブラザー……血は争えない」

「ま、僕の国が一番だろうけどね」

「……なに言ってんの。人間の国が猫の国に敵《かな》うわけないでしょ」

「経済力でいったらボクの国が一番だね！　オネエバーの儲《もう》けはマジでえぐいよ！」

十四松と同じように、他の五人の兄弟もこの世界へ転生し、同じように救世主として一国の王座につき、それぞれのやり方で国を発展させてきたということだった。

「な、な、なんだこれは……⁉」

驚いたのは賢王だ。

こんな展開は予想外。

部下が言う。

「他国の王、いや先王たちから聞きました！　どの国も惨憺《さんたん》たる状態だと！」

ある国では国民が競馬やパチンコをはじめとしたギャンブル漬《づ》けになり、ある国ではあらゆるシャツとズボンを荒々しく引きちぎるファッションが礼賛《らいさん》され、ある国では遠大な夢を語りながら実質が伴《ともな》わないゴミのような国民が大量に生まれたという。

　また、人間より猫の方が偉《えら》くなりニボシの盗み食いをした人間は容赦《ようしゃ》なく死刑にされる国もあれば、国民全員がオネエ化した国もあった。

「あ……ああ……！」

　賢王は頭を抱えた。

「このままでは世界がめちゃくちゃにされてしまう……！　あの六人が来たせいでこの幸福な世界がめちゃくちゃくちゃに!!」

　事ここに及び、恐ろしい連中を招き寄せてしまったと後悔に打ちひしがれる賢王。

「どうされます賢王様!?」

「そうだな……かくなる上は……手段を選べん！」

　賢王はまだ正気を保った自国民に号令をかけた。

「奴らを追い出せ！　この世界から追い出せ――――!!」

　もはや他国との限られた資源の奪い合いなど二の次。

　この世界の正常性を保つために、危険極《きわ》まる異分子である六人を世界から排除する作戦へ方針転換した。

　他国の先王とも協力し、一丸《いちがん》となって6つ子たちを排除する。

　こんな風に六大国が手を取り合うことなど歴史上初めてのことだった。

「異世界に通じる穴に落とせ!!　穴に誘いこめ――――!!」

「あっはっは!　俺たちを元の世界に帰そうだって?　そんな簡単にいくかよー!」

愛馬にまたがり、敵をあざ笑うように駆け回るおそ松。

「このカラ松カーは誰にも止められない……!　この逃走劇、ハリウッドで映画化はどうだ?　ムービースターKARAMATSUの誕生だ!」

そしてカラ松は恥ずかしい車で草原を駆ける。

「穴に落とそうだって?　無理無理。初歩のリスクマネジメントだよ。ま、地下にアイドルがいるなら話は別だけどね?」

チョロ松はセグウェイこそ若きアントレプレナーの乗り物だと勘違《かんちが》いをし続けている。

「賢王様!　だめです!　奴らなかなか穴に落ちません!　あとあの変な顔の車が恥ずかしいです!」

賢王は次の指示を出す。

「くっ、ならばトラックだ!　転生用トラックで奴らを轢け!!」

「トラック?　かわいくないなー?　ボクを轢きたいならせめてローバーミニかワーゲンバスをもってきて?」

「あははは!　トラックだ!　トラック!　轢いていい!?」

「賢王様!　逆にトラックが轢かれました!」

「逆に轢かれたってどういうことだ!?」

しかし賢王は切り替えて次の指示を出す。

「ならば魔術師軍団を呼べ！　転生陣を地面に描いて奴らを吸いこめ!!」

「魔術だって……？　おれがそんなのに引っかかるとでも……？」

「賢王様！　魔術師よりもっと魔術師っぽい奴がいます！　闇のオーラがすごいです!!」

「何だとぉぉおおおおおお!!?」

もはや何をしても6つ子たちは捉《とら》えられない。

欲深い彼らは、この平和で好き勝手のできる世界をやすやすと手放すタマではない。

「かくなる……上は……!!」

ついに賢王は最後の手段に賭《か》ける。

「宝物庫を開けろ！　余の秘蔵のドリームを開け放て！　それをエサにして奴らを転生陣に招き入れるのだ!!」

苦渋の決断だった。

命よりも大事なドリーム。

身を切り刻《きざ》まれるような思い。自然と涙がとめどなくあふれる。

賢王は世界の危機を救うために自らの宝物を差し出したのだ。

「これでどうだぁぁぁあああ――――!!」

転生陣へと積み上げられた珠玉《しゆぎよく》のドリームたち。

それを見ると6つ子たちの目の色が変わる。

「「「「「!!?」」」」」

この世界に来てから男しか見ていない。

本能にはあらがえない。目を奪われるのは自然だった。

その輝きは果てしなく、どうしようもなく彼らの心を引き寄せた。


「「「「「エロ本だ！！！！！」」」」」


そして転生陣に向かって飛びこみの要領で、頭から六人は突っこんだ。

「「「「「もらった——————!!!」」」」」

空中で六人の体が激しくぶつかり合う音が聞こえたかと思うと、シュンという風が消え入るような静かな音が六人分重なる。

突然訪れる静寂《せいじゃく》。荒野に風が吹く。

その後には何も残っていない。

山と詰まれたエロ本も。六つの人影も。

「はぁ……はぁ……！　やった……！」

賢王はその場にへたりこんだ。

「やったぞぉぉぉおおお!!!」

そして叫んだ。心の底から。

危難《きなん》は去った。

この世界をめちゃくちゃにした悪魔のような六人は再び元の世界へと放逐《ほうちく》されたのだった。


——そして現実世界。

十四松が落ちた河原の穴の周辺に、6つ子たちは折り重なるように倒れていた。

「ん……ここは……？　俺たちいったい……？」

「ぐふ……ぐふふ……にゃーちゃん……アイドルがそんなことだめだよ……」

「チョロ松兄さん……！　気持ち悪いから起きて……！」

「……クソ松！　重いぞ！　死ね!!」

「アウチッ！」

「あー！　ボールみつけた——!!」

まだ状況を把握できない兄弟たちの中、人一倍覚醒《かくせい》するのが早い十四松が飛び起きて駆け出す。

「やったー！　ハッスルハッスル！　マッスルマッスルー！」

そしてなくした野球の球を拾って満面の笑みをこぼした。

一方、おそ松とチョロ松がそろって首を傾げる。

「俺たちなにしてたんだ……？」

「さあ？」

カラ松や一松、トド松も同じ反応。

十四松も含め、彼らには異世界に行っていた記憶は残っていないようだった。

しかし深く考えないのが彼らの良いところだ。

「まーいいか。どうせ飲み過ぎてここで寝てたんだろ。じゃ、家帰ろうぜ？」

すると口々に「そうだね」と言い、揃《そろ》って家路につこうとする。

これで一件落着と思いきや。

「あーこれ！　みんなみてー!!」

十四松が叫んだ。

五人が振り返ると、十四松はおかしな穴を覗きこんでいた。

人一人が通れる程度の穴だ。

「この穴！　みんなみて!!」

十四松は兄弟を手招きし、中を覗くように促す。

六人全員で穴を覗きこむ。

最初は暗くて目が慣れなかったが、だんだん目が慣れてくると。

見えたのは……エロ本だった。

「「「「「「エロ本だ！！！！」」」」」」

ちょうど手の届かない地下、穴の側壁のくぼみにやたら大量のエロ本が引っかかっていた。

こうなればやることは一つ。

男として最も格好悪いこと……それは二の足を踏むことだ。

「「「「「もらった――――!!」」」」」

――そして。

再び六人は穴の向こうへと消えていった。

セキガエ

6

披露宴

「はぁ……ついに来ちゃったかぁ……」

深いため息。

その主は、松野《まつの》家の末弟《まってい》にしてポップ&キュートで毎度おなじみ、このボクだ。

大通りに面したオシャレなカフェのカウンター席で、一通の手紙を前にうなだれる。

宛名《あてな》は【松野トド松《まつ》様】。

高級そうな箔押《はくお》しの入った真っ白な封筒を開くと、二つ折りになった厚紙が出てくる。

仰々《ぎょうぎょう》しい明朝体の挨拶《あいさつ》の後、手紙の趣旨《しゅし》が述べられ、その趣旨であるところの式典への参加を【出席／欠席】で迫られる。

これがボクの悩みの種《たね》——結婚披露宴《ひろうえん》の招待状だ。

「断れないよなぁ……。この間軽い気持ちで行くって言っちゃったし」

思い出すのは三カ月前。

合コンの匂《にお》いを嗅《か》ぎつけ、友人のあつしと居酒屋へ行くと、偶然そのまた友人のまさしって人と居合わせた。

ボクもまさしとは一応面識があって、二人きりで会うことはないけど、あつしを介《かい》して二回くらい一緒に飲んだことがあった。

そのまさしが結婚するらしかった。正直ボクが披露宴に出席する義理なんてないけど、まさしにすればその場にいるあつしを誘ってボクは誘わないというのも決まりが悪かったらしく、ボクも半分以上場の空気で結婚披露宴への招待を受けてしまった。

そこで適当にごまかしちゃえばよかったものの、やっぱり場の空気に負けてしまったボクは、心にもないお祝いの言葉を口にし、軽率《けいそつ》に「もちろん行くよ！　楽しみ！」などと答えてしまったのだ。

その招待状が着弾したのが今朝。すっかりこのことを忘れていたボクは、郵便ポストを覗《のぞ》いて現実に引き戻されたってわけ。

「何が楽しみだよ……。ボクまさしの苗字《みようじ》も知らないし何なら顔だってぼんやりとしか認識してないよ……」

それなのに「楽しみ！」とか脊髄反射《せきずいはんしや》で言っちゃうところがあのリア充グループに毒されてるとこだよね。

まあ確かに結婚なんて人生の一大イベントだよ？

盛大にお祝いすべきだよ？

でもおそ松《まつ》兄さんだったら「あーごめん！　その日、新台入れ替え日なんだよね！　激アツ機種の！」とか平気で言うもん。一松《いちまつ》兄さんにいたっては、友達いなさすぎて誘われても意味わかんなくてずっと「……？」って顔してるよ。

「はぁ……今さら断れないもんなあ」

再びため息。

「苦手なんだよな披露宴」

ちなみにボクが結婚披露宴に誘われるのはこれが初めてじゃない。

ある意味それはリア充の証《あかし》だ。思えばこれが、ボクがリア充グループの一員になるための洗礼だったのかもしれない。

まぁ、他の兄さんたちには到底《とうてい》来れない領域にボクは達しちゃってるからね？　しかたないけどね？

あの人たちが誘われるとしたら安い客引きくらいだよ。

ともあれ、そういうグループの構成員ほど披露宴は盛大にやりたがり、ゲストの多さがステータスと言わんばかりにやたら人を招きたがる。

それが彼らの習性なんだ。

一度出席してしまえば逃げられない。誰かが結婚するたび大して仲が良くなくてもこんな風に巻きこまれ、心の底から興味のない新郎新婦の思い出ムービーに感動を余儀《よぎ》なくされる。そしてうすら寒い友人の余興《よきょう》にウェイウェイする渇《かわ》いたゾンビとなるのだ。

だからボクは披露宴に何度か出席した経験はある。

大人になれば避けては通れない道なんだろうけどね。

ダメを絵に描いたような兄さんたちは絶対経験ないもん。

そういう意味じゃ胸を張っていいけど、最近わかってきたのは大人っていうのはとっても面倒臭《めんどうくさ》いってこと。

　だからニートはやめられないわけだけど。

「まあいいか……行くだけ行ってさっさと帰ってこよう」

　悩んだってしかたない。

　そう決めてボクは披露宴当日を待つことにした。


　そして当日。天気は快晴。

　結婚式は午前中に滞《とどこお》りなく終わって、招待状通りの時間に開宴するみたいだった。

　受付で特に面識のない新郎新婦の友人らしい男女に会釈《えしゃく》しながら、名簿に名前をサインする。そして迷いつつ、ぽつりとお祝いを口にする。

「……おめでとうございます」

　そしてボクは苦みばしった笑顔でスーツの内ポケットに手を突っこみ、水引《みずひき》のついた包みを取り出した。

　ご祝儀だ。

「「ありがとうございます!!」」

「はい……」

　出費が痛い……。

まあ、祝儀を贈るのは習《なら》わしだから仕方ないよ？

それすらなしにしろなんてさすがのボクも言わないよ？

でも金額の相場が『三万円から』っていうのはどうなの⁇　それがどれほどの大金かわかってるの？　これは体《てい》のいいカツアゲじゃないの？　だって全然仲良くない相手なんだよ？　おまけに祝儀袋も買わなきゃいけないし、筆ペンだって　どっちも百均で買ったけど。

「自分が結婚する時に返してもらうからいいじゃん！　お互い様！」なんてどっかのウェイが言ってたけど、みんながみんな結婚できると思うなよ？

世の中には結婚どころか彼女もできない童貞《どうてい》街道まっしぐらってかわいそうな生き物もいるんだよ？　しかも兄弟六人全員だよ？　このまま死んだらたぶん新しい妖怪《ようかい》とかになるよ？

だからむしろボクらにいくらか包んでも良くない⁇

「はぁ……」

これが披露宴への出席で最もダメージを受ける瞬間かもしれない。

でもよくよく考えてもしかたない。

「ああもう忘れよ！　それより美味《おい》しい料理を楽しまなきゃ！」

払ったものは払ったもの。さっぱり忘れて、その分美味しい料理を食べることに集中しよ！

目の前に順に並べられた料理は、見た目も豪華《ごうか》だった。

味も結構なんだろうけど、でもボクのフォークとナイフは不思議なほど進まなかった。

問題は席の配置だ。

席は丸テーブルに六人が座る形式で、こういうのはだいたい親族席だったり、新郎の高校時代の友人席、会社関係とか「枠《わく》」があって、できるだけ知り合い同士で固まるように配置されるものだけど。

――なんでボクのテーブル知り合い全然いないの……!?

五人のうち三人いる女子はまったく知らない。なんとなく見たことあるような顔の男が二人いるけど、話したことは一度もない。しかもそれぞれが会話相手を見つけてしまい、ボク一人だけが孤立していた。

まさかボクだけハブられた？　もしくは席の配置ミス？

でもどうやらどちらも違って、というのもしばらく様子を窺《うかが》うとボク以外の五人もどこかよそよそしい。

だからボクは恐ろしい事実に気づいてしまう。

まさか……まさかこのテーブルは……このテーブルの「枠」は……

――【その他大勢】……!?

つまりどこにもグループ分けできない残りものの寄せ集め！

配慮《はいりょ》もくそもなく放りこまれた他人のサラダボウル‼

モブの中のモブ‼！

待って⁉　何これ⁉

散々気遣《さんざんきづか》って身銭《みぜに》も切ってお祝いに駆けつけたのに、思わぬところで自分のグループ内の立ち位置を知らされた人の気持ちわかる⁉

何が祝いの席だ！　呪《のろ》いの言葉だけが延々《えんえん》とわき出てくるよ‼

緊張と怒りでせっかくの料理も全然おいしくない！

別に一人で黙って食べてても気にしてませんよみたいな、むしろ美味しいものは黙って一人で楽しむタイプなんですよみたいな顔を続けるのも辛《つら》いんですけど⁉

「……！」

ダメだ……！　落ち着け……落ち着けトド松……！

ここで暴れたらさすがにクズだ。兄さんたちと同じだ。

ボクは大人なんだ。末っ子ほど上の兄弟を見てるから大人びるっていうアレだ。ここで暴れたら、穀潰《ごくつぶ》しの兄さんたちと違ってリア充に片足突っこんでる希望の星っていうボクのアドバンテージがなくなってしまう。だから我慢《がまん》だ……！

「ふぅ……」

よしよし……落ち着いてきたぞ……。

すると。

「では皆様、ご歓談の途中ではありますが――」

ボクが何度か深呼吸を繰り返した後、司会が楽しげに告げた。

「ここから新郎新婦の誕生から出会い、そして本日にいたるまでをつづったスペシャルムービーをご披露したいと思います！」

途端《とたん》、お約束のようにわき上がる会場。拍手《はくしゅ》が起こり、どこかの酔っぱらいが指笛《ゆびぶえ》を鳴らした。

……出た。

結婚披露宴不動のコンテンツ、新郎新婦の生《お》い立ちを振り返る自己満ムービーだ。

そもそもこの結婚披露宴って儀式なんなの？

嫌がらせ？　いっつも同じ内容だし、人の幸せ祝わされた挙句《あげく》金むしりとられてなんなの？　新手の拷問《ごうもん》？　こちとら将来考えて追いこまれるしいいこと一つもないんだけど⁇

しかしそんなことをこんな晴れの場で言えるはずもない。

代わる代わる祝福される新郎新婦の幸せそうな顔を見ると、こんなことを考える自分は心が汚れているんじゃないかと思ってしまう。もしかしたらこんなことを考えているのは自分だけかもしれないなんて。

そんな思いも含め、せめてこの鬱憤《うっぷん》を語り合える相手がいれば話は違うんだけど、孤独なボクにそんな相手はいなかった。

……と思いきや。

「はーぁ、マシな男がいないわねぇ？」

やたらトゲトゲしい口調で、聞こえよがしに吐き捨てる女がいた。

ボクのちょうど背後、隣のテーブルだ。

横目でちらりとだけ見ると、他の女性ゲスト同様、ドレスをまとってヘアもパーティ仕様に盛っている。だけど態度が最悪で、椅子《いす》にふんぞり返ってチンピラみたいな声を出していた。

——一人とんでもないのがいるな……。

人様の結婚披露宴を男漁《あさ》りの場とでも思っているのだろうか。

「会場の男が八割既婚者っておかしくないですぅ？」

おいおい、全員の素性《すじょう》聞いたの⁇

さすがのボクも引くんだけど⁇

触らぬ神に祟《たた》りなし。これは絡《から》んじゃいけないやつだ。

ただ、このやさぐれた女が一体どんな顔をしているのか気になった。

意を決し、改めてその顔を確認しようと隣のテーブルを振り返ったボクは、驚きで固まった。

「あーあー？　金持ちのいい男がいなきゃこんなとこ来る意味ないんですけどぉ～？　こちとらアイドルなんですけどぉ～？」

「トト子《こ》ちゃん⁉」

知人だった。


友人とも言えない微妙な人の結婚披露宴に招かれたボク、トド松！

予想通りしんどい思いをしてたんだけど、偶然隣のテーブルに居合わせた知人女性がそれ以上にしんどかった！

「では、新郎新婦の物語をゆっくりご覧《らん》くださいませ～！」

司会の合図で、宴《うたげ》の主要コンテンツであるところのムービーが始まった。

「ヒューヒュー！　よっ！　待ってました～！　げぷっ！　あ～あ！」

知人女性である。

デカいゲップを放ったが、そのへんの酔っぱらったおっさんではない。

まったく空気を読まず、股《また》を開いて日本酒を呷《あお》り、すっかり泥酔《でいすい》した顔で繰り返しゲップしながら一人だけ手拍子《てびょうし》しているが知人女性である。

「ちょっと！　トト子ちゃん！　これそういう感じじゃないから！」

完全に一人だけ浮いている知人女性を見かねてボクが声をかける。

「あれ～？　トド松くん～？　どうしたのこんなとこでぇ～？」

目が据《す》わっている。酒に呑《の》まれ、完全にもう何も怖いものがない人の目だった。

「新郎側に招待されたんだよ！　それよりもうちょっと静かに！　みんな見てるから！」

ボクがフォローを入れたことで、「ついに怪獣の保護者が現れた」とばかりに安堵《あんど》する空気が伝わってくる。不本意だが知人女性だから仕方ない。

ボクのおかげでスライドショーは無事に開始した。

二人の誕生から出会い、そしてデートを重ねる様子がスクリーンに映し出される。

「あっはっは！　うける～！　スマホのアプリで修正してるから新郎の顔面まで真っ白だし！」

「そういうの言っちゃダメだよ！」

「その芝生《しばふ》の上に二人で寝転がって俯瞰《ふかん》で撮る構図～！　マンガ意識かよ～！　扉絵乙《とびらえおつ》～！」

「ダメだって！　思っててもそういうの言っちゃダメなんだって！」

もはや手がつけられない。

普段はここまでひどくないのに。

彼女は曲がりなりにもボクたち6つ子憧《あこが》れのマドンナなのに。

「ねえトド松くぅ～ん？　このムービーって式場の人が編集してるのカナ～？　結構ぼったくられるって聞いたけどいくらくらい毟《むし》られるんだろうねぇ～？」

「本っ当に最低だね!?」

もう知り合いと思われたくないレベルだ。

ここまでやさぐれるなんて、一体彼女に何があったっていうのか。

もはや精神的に人の体《てい》をなしていない。

「こんなに酔っぱらって！　何かあったの⁉」

「何もないからこんなに酔っぱらってるんでしょ⁉」

両手でテーブルを叩《たた》いて血相《けっそう》を変える。

ぐうの音《ね》も出ない。

「高い祝儀出してまで来てんだからいい男くらい用意しときなさいよ⁉」

「期待するのは勝手だけどそういう場じゃないから！」

「男はいいわよ⁉　スーツ着てれば！　女は金がかかるの！　ドレスもそう！　ヘアメイクもそう！　いくらかかると思ってんの⁉　数日前から食生活にも気をつけてエステにだって行ったのよ⁉」

困った、気合いが違う。

まさに『これに懸《か》けている』ってやつだ。

「まあ、大変かもしれないけどほら、晴れの場だしさ……？」

「大将～！　日本酒おかわりぃ～！」

「居酒屋じゃないから！」

「ほれキース！　キース！」

「雑な煽《あお》りやめて！　そういうのはタイミングあるから！」

会場の空気が凍《こお》りつく。

幸せな結婚披露宴がたった一人の怪獣のせいで極寒《ごっかん》の地と化していた。

すると今度は急に肩を震わせ、嗚咽《おえつ》を漏《も》らすトト子ちゃん。

「だって……だってさ……」

「トト子ちゃん？」

「出会い系、街コン、相席居酒屋……すべて試した‼」

「？」

そして足元に置いてあったブーケを拾い、ボクの顔面に突きつける。

「ブーケもとったわ！　競合した前後左右の人は病院送りにした！」

血走った目。

「……でもダメなの！　見つからないのよ王子さま‼」

テーブルに突っ伏しておいおいと泣き始めるトト子ちゃん。

悲愴《ひそう》感がすごい。

でもこれほど感情移入できない涙も珍《めずら》しい。

「テニススクールにも通った……！　興味ないけど登山も始めた……！　肉じゃがも毎日作りすぎたわ！　頼まれてもないのに毎朝近所の犬の散歩にも行った‼」

感情が高ぶって、顔は涙と鼻水でぐしゃぐしゃだ。

「それでもダメなの！　出会いがないの！　どうしたらいいのよ⁉」

「……」

会場中の視線が彼女の傍《かたわ》らにいるボクに突き刺さる。

「お前がどうにかしろよ」「お前がもらってやれよ」「飯《めし》がまずくなる」「なんでもいいから引きずり出して」という無言の圧力を感じる。

「……」

ボクは考える。

確かに目の前にいる彼女は獣《けもの》だ。もはや人の心を失っている。

だけどボクら6つ子にとってはマドンナだ。

昔から憧れて続けてきた女の子だ。

ごくり、と唾《つば》を飲む。

——今が覚悟を決める時なのかな？

彼女と兄弟六人でこれから先もずっとうだうだやっていくんだと思っていた。

でも彼女がこれだけ焦《あせ》るように、もうお互いいい歳《とし》だ。

「トト子ちゃん……？」

「……何よ」

目が合うと、心臓が跳《は》ねる。

弱々しい泣き顔を見ると守ってあげたくなる。

やっぱり自分はこの子が好きなんだとボクは気づいた。

大きく深呼吸。胸の高ぶりを落ち着かせる。
そしてボクは意を決し、ついにその言葉を口にした。
「もしよければボクと――！」
「却下《きゃっか》だクソニート。……ペッ！」
般若《はんにゃ》の形相《ぎょうそう》だった。
……ボクはどうかしていた。
今目の前にいるのはかつて憧れたマドンナじゃない。
もはや人間ならざる何かだ！
でもどうして!?　なのに嫌いになれない！
これが体に染《し》みついて離れない恋心なの？　こんなトト子ちゃんでも嫌いになれない！
むしろ愛《いと》おしく感じてしまう!!
ボクの頭も完全にイキかけていた。
「ア……！　アァ…………!!」
するとトト子ちゃんに異変があらわれる。
突如《とつじょ》床にうずくまり、体をぶるぶる震わせた。
「まさか……こんな底辺ニートに告白されかけるなんて……！　もう……私は終わりよ
……!!」
瞬間、さっきまで天気は快晴だったはずなのに、天空から槍《やり》のような一筋の雷《かみなり》が降り注ぎ、トト子ちゃんに命中した。

「アアァァァァアアア――――!!」

激しい落雷音《らくらいおん》。

破れた天井から焦《こ》げた木材などの破片が降り注ぐ。

だけどトト子ちゃんはそれをものともせず立ち上がり、天に向かって咆哮《ほうこう》した。

「ホゲェェエエエ――――!!」

せっかくの貸しドレスはあちこち破れ、セットした髪もアフロになった。

「やめてトト子ちゃん！　女の子がホゲェェエエとか言わないで！」

ボクの悲痛な願い。

そして会場の誰かが叫んだ。

「婚獣《こんじゅう》よ――――!!」

婚獣。

それは婚活《こんかつ》に敗《やぶ》れ、婚活に人生をくるわされ、無慈悲《むじひ》な世の中への怒りと怨嗟《えんさ》で覚醒《かくせい》した悲しきモンスターである。

「グへへへェ……オ前ノ旦那《だんな》ノ年収ヲ言エエェェエエ！」

隆起《りゅうき》する筋肉。弾《はじ》け飛ぶドレス。手足の爪《つめ》はヒグマのように巨大化し、鋭利《えいり》なそれは真っ白なテーブルクロスを軽く引くだけで切り裂いた。

婚獣トト子は四つ足になってテーブルからテーブルへ跳《と》び移り、女性という女性に顔を近づけると、生《なま》あたたかい息を吐きかけながら呪いの質問を投げかける。

「旦那ノ年収カラ今後ノオ前ラノ悲惨《ひさん》ナ人生ヲシミュレーションシテヤルヨォォオオ！ノルマニ追イコマレタ保険外交員ノヨウニナァァアアア!!」

「助けて――!?」

「誰か――!!」

「早く！　自衛隊を呼んで――!!」

逃げ惑《まど》う人々。

もはや披露宴は暴虐《ぼうぎゃく》と悲鳴の坩堝《るつぼ》と化した。

「死ニタイ奴《やつ》カラ私ニ夫婦生活ノ悩ミヲ相談シロォォォオオオ!!　ネットノ知恵袋ニ頼ルナァァアアア!!」

呪いの言葉が、新婦の好きなココナッツバニラの香りに満ちた会場の空気をびりびりと震わせる。

「そ、相談したらしたで怒るんでしょう!?」

「タダ離婚ヲススメルダケヨォ？　ソウ、離婚……ソノ頭ト胴体ノネェェエエエ!!?」

ブチィィ！と、婚獣が食いちぎったローストビーフから血がしたたる。

「ひぃぃいいいいいいい!?」

ついに失神者が出た。

「トト子ちゃん！　もう怖すぎるよ！　そんなにボクの告白が辛かった!?」

辛いのはどう考えてもボクだ。

好きな子に告白しようとしたら、その好きな子が知らない人の頭と胴体を食いちぎってやろうかなんて言い出すモンスターと化したのだ。

そして悲鳴に連鎖《れんさ》するように、ストレスに弱い平和で裕福な結婚生活を送る女性既婚者から順にバタバタと倒れていく。

「もうやめてえぇぇえええええ!!」

遠くから緊急車両が駆けつけるサイレンが聞こえた。

「未婚者ハ全員犬ヲ飼エエェェェエエ！　婚期ヲ逃セェェェェエエエエエ!!」

もはや誰にも止められない。

「特ニ小サクテカワイイヤツダァァアアアア!!　毎日会社ノ悩ミヲ打チ明ケロォォオオオオオ！　子犬ニヤタラ依存《いぞん》シロオォォォオオオオ!!」

婚獣は入刀用のタワーケーキに飛び乗ると、頭から豪快《ごうかい》にかじり始める。

さらに入刀用のナイフを見つけると、それさえボリボリと音を立ててむさぼり尽くした。

夫婦の初めての共同作業など絶対にさせないという強い意志を感じさせる。陰険《いんけん》かつ理《り》不尽《ふじん》。これが婚獣のやり方だった。

「ファーストバイトナンテ退屈ナ儀式ハ禁止ダァァアアアア!!　二人ノ初メテヲ見セタイナラ初夜ヲ見セロォォォオオオオ!!」

まさに地獄絵図。

もはや人類にできるのは、神に祈るか、テーブルの下に隠れて情けなく震えることだけだった。

「ホーレ、●ーックス!!　●ーックス!!」

醜《みにく》い笑みを浮かべた婚獣の、一人だけ楽しそうなコールと手拍子がいつまでも会場に鳴り響いた。


――ギィ、バタン。

一方、ボクは一人、静かに披露宴会場を出て、受付へ向かった。

そして会場の受付担当者に向かってギフトカタログを広げてみせた。

「あ、引き出物はこの００５５番の越前《えちぜん》ガニのセットで」

そしてそのまま家路についた。

7

童貞外来

――『成年改革法（昭和《しょうわ》九一年十一月三十日法律第七七七号）』。

それは、一連の超少子化社会対策に連なる個別法で、歯止めのきかない超少子化に終止符を打つべく投入された、抜本的《ばっぽんてき》かつ実効的な法律である。


「じゃあそろそろ行くよ」

松野《まつの》家、６つ子たちの部屋。

チョロ松《まつ》は時計を見ると腰を上げ、出かける準備を始めた。

「どこ行くのチョロ松？」

その背中に、おそ松《まつ》が寝転がったまま声をかけた。

「病院の予約の時間だから」

「え？　お前行くの？　あんなの放っときゃいいじゃん」

「放っとけないでしょ。決まりなんだから」

「真面目《まじめ》だなあチョロ松は。なぁカラ松《まつ》？」

「フン、そうだな。自分の人生くらい自分の力で切りひらきたい。誰かの力を借りた時、オレはオレでなくなってしまう気がする……」

「それはどうでもいいけどさ。一松《いちまつ》もそう思うだろ？」

「そもそも医者と二人きりの空間っていうのがまず無理」

「あー、確かに。気ぃつかうよな」

「ボクも気が進まないな。それより西海岸から来たっていう駅前の新しいカフェに行きたいな」

「病院？　行ったことない！　あははははは！　なにそれ！」

トド松《まつ》と十四松《じゅうしまつ》も前向きではないようだ。

「はぁ……」

チョロ松は兄弟たちの消極的な態度にため息をつく。

「確かに嫌なのはわかるよ。自分の本当の症状を知るのも怖い」

チョロ松がそう言うと、兄弟たちも同じ気持ちがあったのか、ごまかすように下を向く。

「……命に関《かか》わる場合だってある」

チョロ松の言葉は思ったよりも重く響いた。いざという時のために、チョロ松は大事な人に宛《あ》てた手紙をしたためてもいた。

兄弟たちが黙りこむ。

しかし行かなければならない。それが社会のルールだし、結局は自分のためでもある。

チョロ松は決然と部屋のふすまを開けた。

「みんなも手遅れになる前に行きなよ。じゃあ行ってくるから」

——赤塚《あかつか》医院。

昔からこの街にある小さな医院で、6つ子たちもよく世話になった。

タイルが剝《は》がれたままの床。

患者用のパイプ椅子《いす》は、破れて土色の綿《わた》がのぞいていた。

慣れ親しんだ診察室は、薬液の匂《にお》いより埃《ほこり》っぽさが目立っていた。

法律の公布に伴《ともな》い新設された科といっても診察室は以前と変わらない。

昔のままだ。でもそれが今日は、まるで別物みたいに思えた。

空気が重い。

彼女で三代目という美人女医が、短いタイトスカートから伸びる脚《あし》を組みかえた。

昔は相当派手《はで》に遊んでいたという噂《うわさ》だが、二年前に引退した初代院長が「腕は確かだ」と言っていたからチョロ松は心配していない。

チョロ松は渇《かわ》いた喉《のど》の奥から絞《しぼ》り出すように声を出した。

「はっきり言ってください」

彼女がいつまでも口を開かないから痺《しび》れを切らした格好《かっこう》だ。

「……心の準備はできてますから」

検査を終えて、チョロ松は今ここに座っている。

彼女はまだ何も言わないが、彼女が見ているレントゲン写真や呪《のろ》いを綴《つづ》ったようなドイツ語の躍《おど》るカルテは、雄弁に真実を語っているのだろう。

ここまできたら逃げることはできない。

たとえそれが残酷《ざんこく》な診断結果でも受け止めるしかない。

どんな名医でも治せないものはある。

最後くらいは男らしくいたい。チョロ松をじっとその場に止まらせたのは、そんな一握りの意地だった。

彼女は言った。


「童貞《どうてい》です」


「やっぱり……ですか」

チョロ松は大きく息を吐いた。

――そうくるか。

思いつく限り最悪の結果だった。

『成年改革法』――通称『童貞撲滅《ぼくめつ》法』。

それは全国に跋扈《ばっこ》する童貞をあぶり出し、専門の診療機関で治療を施《ほどこ》して脱童貞させるという急進的な法律だった。

ここは赤塚医院、童貞外来。

法律の制定に伴って設置された専門診療機関であり、迷える子羊《こひつじ》の救済所である。


チョロ松はうつむき、事実を受け入れられないかのように呟《つぶや》いた。

「童貞……」

「童貞ですね」

「うっかり卒業してないかなと思ったんですが」

「してないですね」

「してないですか」

「そもそもうっかり卒業ってどんな状況ですか」

「可能性はゼロじゃないと思うんです。こうして同じ空気に触れてる以上、空気を介《かい》して誰かと僕が」

「それ以上言ったら叫びますよ」

「僕は自分の可能性を否定したくないんです！」

「そのひたむきさはもっと別のところで使いませんか」

この女医、なかなか冷静だ。

歳《とし》の割に場慣れした物腰、若い頃は相当やんちゃをしたのだろう。

ゆるくパーマのかかった明るい色の髪にタイトスカート。控《ひか》えめにフリルのついたビジネスシャツの上に長尺《ちょうじゃく》の白衣を羽織《はお》っている。

そして目立つのは真っ赤なヒール。やんちゃだ。こんな真っ赤なヒールをやすやすと履《は》きこなせるってことは若い頃に相当あれこれやったに違いない。

「すみません……熱くなってしまいました」

「座ってください」

「はい」

無意識の内に立っていたチョロ松は大きく息を吐いて、火照《ほて》った体を落ち着かせながら椅子に腰かけた。

いけない。譲《ゆず》れないことがあるとつい熱くなってしまう。

彼の悪い癖《くせ》だった。ここぞというところで若さが顔を出す。

コンセンサスはじっくりと。そう自分に言い聞かせる。

ちなみにコンセンサスの意味は正確にはわからない。

女医は椅子を回転させ、チョロ松に半分背中を向ける形になって言った。

「ともかく診断結果は覆《くつがえ》りません。いいですね」

「そこをなんとか」

「そこをなんとかって何なんですか」

「誤診の可能性はないですか」

「ないです」

「エビデンスは？」

「本人が一番よくわかってますよね」

キツい一撃が来た。

そう言われると言葉に詰まる。

「哲学《てつがく》的な話ですか？」

「全然違います」

「そうですか——」

チョロ松は額《ひたい》に手を当て天井を仰《あお》いだ。

「これはセカンドオピニオンが必要かな」

「頑《かたく》なに認めないですね」

「アライアンス先に適切なエスカレーションを」

「童貞でフィックスです」

「なるほどね」

チョロ松はゆるく首を振り、大きく息を吐き出す。

そして熱くなった頭を冷却させるため、椅子を立って診察室をゆっくり歩き始めた。

「座ってください」

「パラダイムシフトが必要かな」

「意味がわからないので座ってください」

煮詰《につ》まった時はこうして歩くのが一番だ。

椅子の上に答えはない。こうしてゆったり体を動かすことで思考は整理されていく。大事なのは心の余裕だ。

かの有名なスティーブ・ジョブズも、考え事をする時は決まってこうして歩いたという。思えば不思議な話だ。一見、座っていた方が思考に集中できそうなものだが、実際はそうでもない。それはまるで、歩き続けること、前に進み続けることが人間の本来の在《あ》り方だと神が教えているようだった。

がん。

「あ、すいません」

しかし、狭い診察室で歩き回れば足元のごみ箱を蹴飛《けと》ばしてしまうのは道理だった。

床を這《は》い、こぼれた中身を慌《あわ》てて拾うチョロ松。

「たとえばこう考えたらどうでしょう」

最後のごみを拾い終えると、チョロ松はすっくと立ち上がり、まっすぐな瞳《ひとみ》で言った。

「童貞って恥《は》ずかしいことなんでしょうか？」

「はい？」

女医は、人ってこんな目ができるのかというくらい冷めた目で彼を見た。

「自制と秩序を失ったこの時代、童貞というのはむしろ尊重されるべき存在なのでは？」

チョロ松は鷹揚《おうよう》に両手を広げるとビジネスリーダーがオーディエンスに語りかけるように、簡単に言えばすしざんまいのポーズで続けた。

「貞操《ていそう》を守り続ける気高さ、大衆に迎合《げいごう》しない意志の強さ。それはこの時代にあって実に貴重で、美しいものなのでは？　童貞とは厳《きび》しい冬の夜空にかかるオーロラなのでは？」

「オーロラに謝ってください」

「たとえばここに新品のブランドバッグと中古のブランドバッグがあるとします。どちらかをあげると言われたらどちらを選びますか？」

「新品ですね」

「アグリーです」

パチンと診察室に指を鳴らす音が響く。

「じゃあここに新品の僕と中古の僕がいるとします。どちらが欲しいかと言われたらあなたはどちらを選びますか？」

「どちらもいりません」

「なるほどね」

チョロ松は続ける言葉を失って椅子に腰かける。

この女医……やはりやり手だ。

彼女は言った。

「じゃあ童貞は卒業しなくていいということですか」

「したいです」

チョロ松は驚くべき機敏さで椅子をきゅっと回し、女医と正対する。

それとこれとは話が別だ。

男には聞かなければいけない話がある。

「では治療法の話をしていいですか」

「お願いします」

一も二もない。ついでに節操《せっそう》もなければ恥《はじ》も外聞もない。

「まずは出会わないと。話はそれからです」

「出会いですか」

チョロ松は何度も頷《うなず》きながら、苦々しい顔をした。

そして相手の発言を制するように手のひらを押し出して続けた。

「ちょうど僕も考えていたところです。なぜこの僕がいまだに童貞なのか」

「なぜだと思いますか」

「自分が童貞をあげてもいいと思える相手にまだ出会っていないだけでは？」

「寒気がします」

女医は目の前の現実から目をそらすように、カルテをめくって前回の診察記録を確認した。

「前回の診察でナンパを勧《すす》めましたが、成果は？」

「うまくいきませんでしたね」

「なぜですか」

「ビジョンが明確じゃなかった」

「ビジョン」

「こうすればうまくいくという明確なビジョンが持てませんでした」

「そういうのはいらないからって言いましたよね」

「はい」

「とにかくやれって言いましたよね」

「じゃあ自分たちのナンパができなかったですね」

「じゃあって何ですか」

「試合の流れをつかめなかった」

「試合ではないです」

このままでは平行線だった。むしろ平行線じゃなかったことがない。

女医は女医で面倒《めんどう》ながらも職業意識に従って助言をする。医者の仕事はいつだって患者に笑顔を取り戻させることだ。

しかし当の患者はこうして会話している間も「女医って響きがえろくない？」などと考えていた。

「じゃあ今日の診察はこのくらいで」

「ありがとうございました」

今日も治療ははかばかしくなかった。

この治療には根気《こんき》がいると彼女は予《あらかじ》め彼に伝えていた。

おそらく一生付き合っていくものになるだろうと。

その時点ですでに絶望的な宣告を受けているのだが、患者は現実から目をそらすことにかけては一流だった。

「また痛み止め出しておきますね」

「はい」

「前回と同じものでいいですか」

「ちょっと違う趣向のものがいいです」

「お待ちください」

すると女医は椅子を立ち、調剤室へ入っていった。

数分後、彼女はやけに肌色《はだいろ》が目立つ表紙の雑誌や単行本を数冊胸に抱えて戻ってきた。

「今回はオーソドックスな制服物をいくつか見繕《みつくろ》ってきました」

「ちなみにどんな」

「OL、婦警、キャビンアテンダント。……それにナース」

処方された痛み止めに患者は満足そうに頷いた。

やはり彼女の腕は確かだった。

「ジェネリックでお願いできますか」

しかしここで妥協《だきよう》しないのが男だ。

女医は無言で本の裏表紙のバーコードを指さした。

そこには価格シールが貼《は》られていて、半額の値段が表示されていた。つまり古本である。

「ありがとうございます」

ほころんだ顔。

患者が笑顔を取り戻した瞬間だった。

童貞外来

8

解散

ある日曜の昼下がり。

「あ――――!?」

カラ松《まつ》の悲痛な叫びが松野家《まつの》に響き渡った。

すぐさまスパァンと音を立て、部屋のふすまが開かれる。

「なんだよカラ松うるせーな!」

「近所迷惑考えてよカラ松兄さん!」

おそ松《まつ》、チョロ松《まつ》が迷惑そうな顔でずかずかと部屋へ入ってくる。

部屋の中には、床に膝《ひざ》をつき、わなわなと震えるカラ松が一人。

「オレの……オレのギターの……!」

喉《のど》から絞《しぼ》り出すような声。まるで死んだ恋人を惜《お》しむように、カラ松は慣れ親しんだクラシックギターを抱きかかえていた。

そして天を仰《あお》ぎ、悲痛な叫び声を上げた。

「弦《げん》が全部切れてるじゃないか――――!」

そう、弦が切れていた。

ギターの弦が切れることは当然ある。

しかし今、カラ松のギターの弦は六本すべてがきれいに切れていた。

確かに激しいプレイングには自信がある。熱いメッセージを伝えるために、時には情熱的かつワイルドに爪弾《つまび》くこともある。

だがやはりすべての弦が一気に切れることは考えづらい。

それに昨日の夜までは無事だったのだ。間違いなくこれは何者かの仕業《しわざ》だった。

しかしなんの目的で？

カラ松は信じられないとばかりに首を振る。

「誰が……誰がこんなことを……！」

「ああ……それ？」

すると。

遅れてのそのそと部屋へ入ってきた一松《いちまつ》が素《そ》っ気《け》なく言った。

「切っといたけど」

「切っといた⁉」

「ああ、別に気にしなくていいから」

「気を利《き》かせてみたいな言い方で⁉」

一松は、弦のないギターを指さして平然と続ける。

「それ。ギターって真ん中に穴開いてるでしょ」

「ああ、開いてるが……」

「子猫のすみかにちょうどいいから」

「ギターは小屋じゃない！」

楽器を楽器とも思わぬ一松の発言にカラ松は抗議する。

「そんなことのために弦を切ったのか⁉　六本全部⁉」

「だから礼はいいって」

「なんでいいことしたみたいなスタンスを崩《くず》さないんだ⁉」

「猫の毛を切るついでだったし」

「ついでで切るな！」

珍《めずら》しく取り乱してしまうカラ松。

床に両手をつき、がっくりとうなだれる。

「Ｏｈ……なんてことだ……オレの大事なギターが……」

ギターとは男。男とはギター。

男の哀愁《あいしゅう》とケレン味をイイ具合に演出し、適当に弾《ひ》くだけで何かすごそうな感じがするギターという奇跡のアイテム。カラ松にとってはまさに体の一部だ。それを失ったカラ松は、片腕をもがれたも同然だった。

そこへ。

「ちょっと一松兄さん！　ひどいよ！」

「ん？」

遅れて部屋へ入ってきて、一松を糾弾《きゅうだん》したのはトド松《まつ》だった。

「トッティ……！」

思わぬ味方の登場に、カラ松の目の端にうっすら涙が浮かぶ。兄弟の仲では比較的常識に通じている末弟《まってい》は、カラ松にとって救世主に見えた。

「そのギター！　ボクがミニトマトの栽培に使おうと思ったのに！」

「なんだと⁉」

見れば、トド松は腐葉土《ふようど》の袋と小さなシャベルを抱えていた。

「ちょうど邪魔な弦が切ってあったからプランターにするつもりだったんだよ⁉」

「邪魔な弦⁉」

「いま女の子たちの間でプチ菜園が流行《はや》ってて、そのクソギターを有効活用できるチャンスなんだよ⁉」

「クソギターじゃないぞ⁉」

さすがのカラ松も自分の大切なものを馬鹿《ばか》にされては黙っていられない。

「ブラザー！　いい加減にしろ！　人のギターを何だと思ってるんだ⁉」

「あははは！　みんなどうしたの⁉」

現れたのは十四松《じゅうしまつ》だ。タコのような動きで部屋へ入ってくると、床に転がっているギターを見つけて目を輝かせた。

「カラ松兄さん！　新しいバット⁉」

「バットじゃないぞ十四松!?」

「めちゃくちゃ当たるよ！　すごい！」

「めちゃくちゃ当たるがやめてくれ！　振り回すんじゃない！　壊れる！」

「もう、みんな何してるんだよ」

次に、なだめるような口調で割りこんできたのはチョロ松だ。

「そんな好き勝手するもんじゃないよ」

「おお、チョロ松……！　お前だけはわかってくれると――」

「半端《はんぱ》が一番ダメだからいっそ薪《まき》にしようよ」

「薪!?」

「切った弦はそうだなあ……柱に結んで洗濯物でも干す？」

「原型がなくなる！」

「ふーん……」

ずっと様子を見ていたおそ松が顎《あご》に指を当て、しみじみと言った。

「ギターってすごいよな」

「おそ松？」

ついにギターの重要性に気づいてくれる真っ当な人間が現れた。

にわかに期待するカラ松だったが、

「すごいよなギターって。だって捨てるとこないもん」

「食材みたいに言うな！」

もう我慢《がまん》の限界だった。

「もうダメだ――――！」

突然叫び出したカラ松に、兄弟たち五人はきょとんとする。

そしてカラ松は大きく息を吸い、その五人を指さして言い放った。

「解散だ――――――――!!」


その数日後。

けたたましいシャッター音とフラッシュの明滅が六人を襲《おそ》う。

駅に近い商業ビルの古びた会議室。

黄ばんだ壁を背にして、味気ない白い布のかけられた長机に6つ子が並んで座っている。

そんな彼らを狙《ねら》うのは会議室を埋め尽くすカメラマンと記者風の男たち。みなどこかで聞いたような報道各社の名前が入った腕章《わんしょう》をしていた。

「――本日はお忙しい中、お集まりいただきありがとうざんす」

司会のイヤミがそう言って頭を下げた。

「これより松野家6つ子の解散会見を始めるざんす」

すると6つ子たちの表情にそれぞれの色が浮かんだ。

「ねえ解散ってなに?」と、トド松。

「俺たちユニットだったの?」

「兄弟だよね」

「……なんで会見してんの?」

「ヒーローインタビュー!?　ねえこれヒーローインタビュー!?」

いまいち事情がわからない五人が顔を見合わせる。

一方、カラ松一人だけは、変に決意に満ちた顔をして長机の中央に座っていた。

いつもと違ってどこかしおらしい様子で一人立ち上がると、報道陣に向かって頭を下げた。

「今日はよろしく頼む」

その瞬間、また一斉《いっせい》にフラッシュがたかれる。

「最初の質問、よろしいですか!?」

カラ松が腰かけた後、熱心な若手記者が勢いこんで手を上げた。

「どうぞざんす」

司会のイヤミに指されると、若手記者は口早に言った。

「解散の理由は何ですか!?」

「解散の理由?」と、困惑《こんわく》して顔を見合わせるカラ松以外の五人。

しかしカラ松が毅然《きぜん》と、机の上に一本だけあるマイクを拾い上げ、答えた。

「音楽性の違いだ」

端的《たんてき》にそれだけ言うと、「もう十分だろう」とでもいうようにマイクを置き、うつむき加減にサングラスの位置を直した。

　ざわめく五人。

「なんで大物アーティスト気取りなんだよ」と、おそ松。

「カラ松兄さん、ギターのこと根《ね》に持ってんだ」

「そもそも調律なんてできたっけカラ松兄さん」

「あははは！　うん！　来た球を思いっきり打とうと思った！　入ってよかった！　ふんぬっ！」

「十四松、狭いから素振りやめて。あとヒーローインタビューじゃないから」

　すると今度は別の、ベテラン風の記者が挙手し、質問を投げかけた。

「率直《そっちょく》に、兄弟を解散される今のお気持ちを聞かせてください」

　カラ松がおもむろにマイクを取り、答えた。

「残念でならない。生まれてからずっと一緒だった兄弟だ。でもプロ生活が長くなると少しずつ考え方も変わってくる。だがあくまで前向きな結果だと思っている」

　マイクを置くと、流れるように手鏡を取り出し前髪を直すカラ松。

「だから兄弟を解散って何だよ」と、チョロ松。

「ボクたちプロの兄弟だったんだ」

「あいつ誰なの？」

「今の気持ち!?　応援してくれる家族に伝えたい！　ふんぬ！　ふんぬっ！」

「だから十四松、素振りやめて、怖いから」

「では、他に質問はあるざんすか？」

しばしの沈黙。

そののち最初に質問した若手記者が再び手を上げた。

「今後の活動はソロ中心になっていくんでしょうか⁉」

カラ松がマイクをとる。

「まだ先のことはわからない。だが、ファンを裏切ることはないようにしたい」

「ファンって誰なの」

「なんでもったいぶんだよ。馬鹿かよ」

「ソロってカラ松兄さんずっとソロじゃん」

「うん！　ソロホームランだった！　今後もソロホームラン打っていきたい！」

「十四松！　痛いから！　バット当たってるから！」

とはいえ。

いまだに事情がつかめない五人。

ひそひそ声でおそ松が言う。

「これさあ、カラ松がやりたいだけじゃないの？」

「え、もしかしてカラ松兄さんお金払ってやってんの？」

「悲しいな、クソ松」

すごい剣幕で「解散だ」と叫ばれてから数日後、突然カラ松に呼び出されて来てみたらこれなのだ。解散会見だとか意味がわからないし、この記者やカメラマンたちはどこから連れてきたのかもわからない。

イヤミが司会をやっているのも胡散臭《うさんくさ》かった。

訝《いぶか》しむ兄弟五人の視線の中、イヤミが続けた。

「他に質問はないざんすか？」

沈黙。……沈黙。

誰一人手を上げない。

「もう質問なくなっちゃったよ」

「五分たってないぞ」

「悲しいんだけど」

「……」

「十四松まで黙っちゃったよ。どうすんの」

逆にざわつく兄弟たち。

会場の寒々とした空気が痛いほど伝わってくる。

「じゃあ……いいですか？」

すると記者の一人の手が上がる。

さっき質問したばかりの若手記者だ。

「最後に何かメッセージはありますか？」

「締めに入っちゃったよ」

「司会にも促《うなが》されてないのに」

おそ松とチョロ松が悲しいツッコミをする。

カラ松はマイクを取り上げた。

「メッセージ……か」

往年《おうねん》のビジュアル系バンドのヴォーカルを彷彿《ほうふつ》とさせる独特なマイクの持ち方で語り出す。

「言葉にするとすべてが嘘《うそ》のように聞こえてしまう。だからここでは控《ひか》えたい。ファンのみんなにはすでにオレの思いは伝わってるはずだ。そう、今までのステージでな」

一度物憂《ものう》げにうつむくと、無意味に窓の外を見るカラ松。

「あいつライブなんてしたことないだろ」

「もう完全にやりたいだけだよ」

「一挙手一投足《いっきょしゅいっとうそく》がムカつくんだけど」

「盛り上がってますか――――!?　ドーム――――!?」

「だからすげぇ盛り下がってんだって十四松」

一松の言うとおり、会場の盛り下がりは度を増していく。

トイレに行く感じで席を立ちそのまま戻らないカメラマン、メモをとるように見せかけてソシャゲの周回に夢中な記者。イヤミにいたっては司会のくせにいびきをかきながら居眠りを決めていた。

「……はっ、ああ……仕事ざんすね」

鼻ちょうちんが割れて目を覚ましたイヤミは、いかにも面倒臭《めんどうくさ》そうにあくびをしながら会場に呼びかけた。

「で、ほかに何かあるざんすか？」

当然誰からも何もない。

すかさずカラ松がマイクをとる。

「……何でも聞いてくれてかまわない。女性のタイプ、理想のデートプラン、連絡先……。オレを丸裸《まるはだか》にするといい」

「そんなもん解散会見で聞かねえよ」と、おそ松。

「なんで連絡先言いたがるの。おかしいでしょ」

「クソ出会い厨《ちゅう》かよ」

しかし依然質問者はいない。

「……本当に何でも聞いてくれてかまわないんだ。本当にだ。なんというかその……さっきまで素っ気ない返答をしてすまない。謝るから」

「必死すぎるでしょ」

「見てらんないよ」

カラ松はさっきまで気取って組んでいた脚《あし》もきれいに揃《そろ》え、就活《しゅうかつ》のように背筋《せすじ》をただしだす。惨《みじ》めだなんて言葉では表しきれない。

それを不憫《ふびん》に思ったのか、

「じゃあ……はい」

渋々《しぶしぶ》といった様子でついに記者の手が上がる。

「はいそこ！」

いてもたってもいられず立ち上がり、カラ松自《みずか》ら指名する。

「一発ギャグをお願いします」

「もう質問じゃねえよ！」

チョロ松が叫ぶ。

「結婚の予定だと？　フッ、オレはファン全員と結婚しているつもりだ」

「聞かれてないこと答えだしたよあの人！」

ある意味一発ギャグだ。

また別の記者が手を上げた。

「サッカーしようぜ！　お前がボールな！」

「いじめじゃねえか！」

ツッコミ役のチョロ松の負担が大きい。

「……サッカーか。サッカーと言えば週刊誌だな。そう、先日週刊誌に撮られた相手は恋人じゃない。詳《くわ》しくはまた事務所から各局宛にＦＡＸする」

「どっからでも自分語りに持ってくなクソ松！」

「すごい！　カラ松兄さん広角《こうかく》打法！」

どんな球が来ても必ず自分の好きな方向に打ち返す驚異《きょうい》の打撃力に誰もが舌《した》を巻いた。

「もう捏造《ねつぞう》やめてよ怖いよ！」

トド松の悲痛な叫び。

「そもそもサッカー＝週刊誌って何なの！　バカなの⁉　週刊誌って言いたいだけだよね⁉　ねえおそ松兄さん！」

「ｚｚｚ……」

「飽《あ》きんな！　寝んなー‼」

「フッ……男とはちょっと強引なくらいがいいのさ」

「これ以上罪を重ねないでカラ松兄さん‼」

どうしてこんなことになってしまったのか。

日々兄弟から迫害を受け続けたカラ松。その反動もあり、愛用のギターをオシャカにされたのを引き金に、世間《せけん》から脚光を浴びたいという普段からの強い欲求が、いつも以上に高まってしまったのだ。もはや暴走に近い。

　これはその結果の茶番だった。

「ていうかなんでボクらまで巻きこまれてんの？　ひどい巻きこみ事故だよ……」

トド松が呟《つぶや》く。

「そうだよね……なんで僕たちまで」

チョロ松が同意すると、兄弟みんなが頷《うなず》いた。

「……じゃあもう本当に解散しようぜ」

目を覚ましたおそ松はそう言うと席を立ち、ずかずかとカラ松へ近づく。

「ん？　なんだおそ松？」

そしてその前のマイクを奪い取り、声高《こわだか》に告げた。

「あー今日で６つ子は解散するから」

「お、おそ松……？」

途端《とたん》、会場の空気が変わる。

「んで、解散してまた再結成するから。５つ子ユニットね。これからはカラ松以外の五人で活動してくんでよろしく」

「なんだと⁉　ちょっと待て⁉」

カラ松がうろたえる。

すると息を吹き返したように会場が盛り上がる。

「おお～！」という感嘆《かんたん》の声。カメラのシャッター音がけたたましく鳴り、フラッシュが明滅する。退屈なインタビューからの意外な展開に会場は活気を取り戻した。

「５つ子ユニットって何ですか⁉」

「何をするんですか⁉」

「インタビューさせてください！」

矢継《やつ》ぎ早《ばや》に放たれる質問に、おそ松は「うーん」と腕を組んで考えると、部屋の壁の向こうを指さして言った。

「じゃあ隣の部屋で会見する？」

あまりにも暇《ひま》だったので暇つぶしになると思ったのだろう、多少興味をひかれた報道陣は、謎の5つ子ユニット誕生の瞬間を目撃するため、隣の空《あ》き部屋に移動するおそ松の後にぞろぞろとついていく。

「お、おいおそ松……！　オレは……⁉」

「じゃあ僕たちも行こうか」

チョロ松、一松、十四松、トド松の四人もカラ松を無視して部屋を出ようとする。

チョロ松が「あ、そうだ」と付け加えた。

「カラ松兄さんの晩ご飯いらないって言っとくから」

「待ってくれ！　ちょっとやってみたかっただけなんだ！　出来心なんだ！　だから――ああっ⁉」

必死で追いすがるカラ松だが、パイプ椅子《いす》につまずいて転んでしまう。

それを冷たい目で見おろすトド松、一松、十四松。

「これからはソロで頑張ってて？」

「じゃあなクソ松」

「あははは！　カラ松兄さん引退だね！」

「待ってくれ――――！」

解散会見会場に一人取り残されたカラ松。

寒々とした会場に、空調の音がむなしく響いた。

すると。

――ボロロン――

その耳に哀愁漂う音色《ねいろ》が聞こえてきた。

傷心を癒《い》やす優しい音色。

それはカラ松の心にすっと染《し》み渡った。

「これは……ギターの音……？」

カラ松が失ったギターの音。解散のきっかけとなったギターの音。

カラ松が顔を上げると。

「……」

――ボロロン――

目の前に聖澤庄之助《ひじりさわしようのすけ》が立っていて、ただ適当にギターを爪弾いていた。

「――ボロロン」

「だから何なんだ!?」

解散

■初出
小説おそ松さん タテ松 書き下ろし

[小説おそ松さん タテ松]

2017年11月29日 第1刷発行

著 者/赤塚不二夫[原作] ● 石原 宙

監 修/おそ松さん製作委員会

装 丁/五島英一

編集協力/石川知佳

発行者/鈴木晴彦

発行所/株式会社 集英社

〒101-8050 東京都千代田区一ツ橋2-5-10
TEL 編集部:03-3230-6229
読者係:03-3230-6080
販売部:03-3230-6393(書店専用)

印刷所/凸版印刷株式会社

© 2017 S.ISHIHARA
© 赤塚不二夫/おそ松さん製作委員会

Printed in Japan ISBN978-4-08-703437-0 C0093

検印廃止

本書の一部あるいは全部を無断で複写複製することは、法律で認められた場合を除き、著作権の侵害となります。また、業者など、読者本人以外による本書のデジタル化は、いかなる場合でも一切認められませんのでご注意下さい。

造本には十分注意しておりますが、乱丁・落丁(本のページ順序の間違いや抜け落ち)の場合はお取り替え致します。購入された書店名を明記して小社読者係宛にお送り下さい。送料は小社負担でお取り替え致します。但し、古書店で購入したものについてはお取り替え出来ません。